千利休は生きている！

上巻

石井健次［著］

上巻　目次

第一章　いなく軍馬……5
第二章　乱世の超新人……19
第三章　切り取った蘭奢待……27
第四章　茶の湯戰《いくさ》……45
第五章　傲慢な地球儀……63
第六章　幻城炎上……81
第七章　利休の茶室……91

目次

第八章　胸のきれいなる者……117
第九章　孤独……153
第十章　決断……179
第十一章　朝顔のもてなし……205
第十二章　賭け……225
第十三章　残された時間……245

千利休肖像画　堺市博物館蔵

◇千利休が利休を名乗るのは、天正十三年（一五八五）、秀吉が関白に就任し、内裏御所で禁裏茶会を催したときに、茶頭をつとめ「利休居士」の道号を勅許されてからです。それまでは宗易という名でしたが、広く知られている利休の名で統一しています。

第一章　いななく軍馬

だれかに腕をつかまれたような気がした。

実際に自分の腕をつかまれているのがわかって、利休は振り返った。

「ちょっと待ってほしい」

四十代半ばと思われる小柄ながら上半身の筋肉がきりきりと盛り上がっている男のギロリとした目と合った。

「あなたは、どなたですか？」

「ぼくは、三島由紀夫です」

「ほう、あなたが。昭和の世に腹を切ったという作家の三島由紀夫さんですか。わたしは」

「千利休さんですね」

「よくおわかりになりましたね」

「いつもあんたばかりが冥界《めいかい》から現世に戻っている。不公平ではないですか」

「あなたが蘇るには、まだ生々しすぎませんか。少なくとも百年は経過しないと」

「そうかもしれませんね。見たくないものを見ることになるだろうから」

「あなたはあなたが生まれたころ、昭和の初期に蘇ればまた違った人生を生きたのではありませんか」

「そう、天皇が現人神《あらひとがみ》と呼ばれていた日本に……。今度はどの時代に行こうというのです」

「それが、よく訊かれるのですが、困ったものでわたしにもよくわからない。現れるのも消えるのも、自分で制御することができないのですから」

「出たとこ勝負というわけですか」

利休はうなずいた。

「あなたとは一度話をしてみたかったのです。というのも、あなたのことを知ってから、お互いの自死に共通するものがあるか確かめたかったのです」

「そうだった。あなたは、秀吉によって切腹させられたのでしたね」

「わたしは図らずもいろいろな時代を見てきました。とりわけ二十一世紀の日本は、元号は『平成』となっていましたが、わたしが思ってもみなかった方向へ突き進んでしまったようです。あなたは早く死んでよかったのかもしれません」

「皇軍は起ちませんでしたか」

三島由紀夫は利休の前にきちんと坐ってつぶやいた。

「日本は、俗っぽくいってしまえば、男も女も長生きすることが、そしてやせることが価値とみなされる時代になっていました。そのための技術も、器具も、薬、サプリメントというのだそうですが、発達していきます。おのれの肉体に対する関心はあなたもかなり強かったようですが、二十一世紀の人びとの関心はあなたとはだいぶ違うようです。ところで、あなたはほかの作家たちと違ってどうして体を鍛えようと考えたのですか。小説を書くためには強靭な肉体が必要なのでしょうか」

「どうしてだと思います？」

「さて、江戸時代までなら文武両道は男子の嗜みといったところでしょうが」

「単純な理由です。軍服の似合う体になるためですよ」

三島由紀夫は、明快に答えてにやりと笑った。

「軍服の似合う体ですか。あなたの肉体論の原点はそこにあるわけですね。二十一世紀の日本人は、あなたのように肉体を鍛えて精神を少しずつ掻きだして、それを筋肉に変質させてゆきつつ、心を持たない筋肉だけの人間になるだろうとか、感情や心理は筋肉をよこぎる焔のようなもの、筋肉の悲しみは感情の悲しみよりもずっと悲壮だというようには考えていません」

「思想は筋肉のように明晰でなければならぬ、筋肉は厳密に個人に属しつつ、感情よりもずっと普遍的である点で、言葉に似ているけれど、言葉よりもずっと明晰である点で、言葉よりもすぐれた『思想の触媒』なのです」

「あなたのような筋肉についての思考は、二週間でお腹が十センチ痩せたことに欣喜雀躍《きんきじゃくやく》する中年女性たちの前を素通りしてしまうだけです。とにかく二十一世紀の日本人は、というのもほかの国の人を知りませんから、年並みに老いていくあるいは外見が衰えていくことに過剰なほど反応し、怖れているようです。だれのためのでしょうかね、自分のためなのか、周りの人のためなのか」

「天皇陛下のためではないことだけはたしかでしょう」

三島由紀夫は淡々といった。

「それは認めざるを得ません」

「日本人はいかに長く生きながらえるかばかり考えて、いかに死ぬかということを考えなくなったということですね」

鍛え上げた厚い胸板に手をやって三島由紀夫はいった。

「たしかに多くの日本人は、いかに死ぬかを考えることは、いかに生きるかを考えることだということを、考えてみようともしなくなったようですね。別の言い方をすれば、それは進歩ということなのでしょうが、長生きをすることが強迫観念のようになって、老人を簡単に死なせてくれない時代になってしまったようです」

「利休さん、あなたが生きた時代と、わたしが生きたあとの日本とのいちばんの違いはそのあたりのことでしょうか」

「そのことを再確認するために、わたしが蘇ったそれぞれの時代の出来事を、あなたにお話しましょう」


……………………………………………………

重苦しい沈黙が、掛け軸の引き裂かれる音で破られた。

松江隆仙《まつえりゅうせん》は声を飲み込んだ。

「何をするのだ！」

北向道陳《きたむきどうちん》は低く叫んだ。

利休の目が血走っていた。

その手はふるえたまま強くにぎりしめられていた。表具ごと墨蹟《ぼくせき》を粉々にしてしまうかのように。額に脂汗が流れ、忿怒《ふんぬ》と羞恥の入り混じった顔はいまにも叫びだしそうだった。利休は、ようやくのこと指先が食い込むほどにぎりしめた両の手をゆるめた。

つい先刻前まで、利休は、茶掛けに用いた墨蹟を目にした二人の顔を想像して、秘かに笑みを浮かべていたのだ。

「先日、入手しました」

さりげなくいったつもりだが、自慢したい気持ちは隠せなかった。

二人は黙って、墨蹟に目を落とした。

利休は、さもありなんと悦に入っていた。

「さすが密庵《みったん》、この筆使い、この色、何ともいえぬ味わいがございます」

二人の目に同意の色が見られない。

「これが密庵……」

松江隆仙の口が少しゆがんだ。

「どうかされましたか」

利休はまだ気づいていなかった。

「いかほどでお求めになられた」

北向道陳が松江隆仙に目配せをしながらいった。

「百二十貫文で買い求めました」

悪びれることなく、利休は素直に答えた。

近江国で宗の禅僧密庵咸傑《かんけつ》の手になるものと信じて、買い求めた墨蹟だった。

「いいにくいことだが……」

その先を逡巡している北向道陳に代わって、

「ニセモノ、これは贋作ですよ」

松江隆仙がにいい切った。

「そんな、ばかな！」

利休の声が高くなった。

松江隆仙の口調に、いつもの皮肉も意地の悪さも感じられない。それがかえって真実味を帯びていた。

松江隆仙は堺の町衆を束ね町政を担う会合衆の一人で、目利きにも優れていたが、利休とはあまりそりが合わなかった。利休の秘めた才能に対する強い対抗心があったからだ。

利休は商人として富裕さにおいては会合衆の下位に位置していたが、十代の終わりから志した茶の湯ではだれにも負けないと心に誓っていた。目利きも、世間の評判に対して、自分ならといつも心のなかでつぶやいていた。

「何をおっしゃいますか、これは、本物ですよ」

利休と目が合った北向道陳は、今度は強く首を横にふった。

道陳の評価に他意はない。

足利義政の同朋衆能阿弥の小姓に島右京という者がいた。壮年のとき、能阿弥に茶の湯師範を受けたが、のちに世捨て人となって堺に住み、空海と号した。道陳はその空海と親交を深め、能阿弥流の茶の極意を伝授された。

道陳は、堺の舳松の人で、北向きの家に住んでいたため北向道陳と呼ばれた。師匠の空海も隠者であったが、道陳もまた隠者であった。

道陳は唐物の目利きであった、虚堂《きどう》の墨蹟、松花《しょうか》の葉茶壺、木辺肩衝、善好茶碗などの名物茶器を所持する堺の富商隠者であった。そして、利休の最初の師であった。その言葉には反発心を飲み込ませてしまう重みがあった。

目の前の二人からおのれの目利きの未熟さを指摘され、面目をつぶされた利休には抗弁する言葉がなかった。

このころの利休は、傲慢なほどに誇り高き男だった。墨蹟を引き裂いたのは、のちのち利休はニセモノを買わされたといわれないためであった。

鑑識眼に秀でた目利きとして知られるまでには、幾度も失態が伴うものである。利休も例外ではなかった。だが、そのことを自己弁解にしなかった。利休は自分の甘さを決して許さない強烈な自意識の持ち主だった。自分の鑑識眼、目利きが誤ることなど決してあってはならないことだったのだ。

この時期の利休自意識の高さは、おのれの美意識、見識を誇示するものではなく、もっと深いところでおのれの生き方の模索に通じていた。

堺の町では、商人たちのあいだで茶の湯が盛んであった。だが、利休はそのことがうれしくもあり、不満でもあった。利休にとって、茶会とは「一期に一度の参会」であるべきものであった。

——茶の湯というのは能や連歌と比べれば特に才能を必要としない。だれにでもできる。そして、茶の湯はしばりの少ないものだ。まず余暇を楽しむ時空間を『市中の山居』としてつくりだした。その楽しみは商いと両立するものであった。茶席に集う町衆、豪商たちはいわば利害共同体であり、もっといえば死活の運命共同体であったのだ。当然のことながら、そこで交わされる話は儲け話であり、大名たちの情報交換の場として重用されてきた。一期に一度の参会とは対極にある、次回も次々回も同じ顔ぶれが集まる自分たちの繁栄のための茶会、それがこれまでの茶会だ。

利休は、それだけの茶の湯に満足できなかった。

茶の湯に対する煮え立つ湯のごとく、燃え上がる炭火のごとく、おのれのこころを突き動かすものを一言で表現するなら、だれの模倣でもない「利休の茶」を創りだしたいという野心だった。

そして、そのころの利休の日々は、野心と憂いが同居していた。

茶の湯の修業は自ら進んで求めたものだから、どんなことでも苦にならなかった。深まるばかりで薄まることにない利休の憂いは、茶人としての自らの生き方だった。そこに女たちのことが絡んでいるので、なおさら先が不透明になっていた。


堺の町の中央を走る大通りには富裕さを競うように大店や市場取引所が並んでいる。町すじは十字に長く広がり、軒を並べた店々に老若男女が出入りしている。賑わいが外から内へ、内から外へと流れ出す。港まで足を運べば、米市場、魚市場、船工場、木材工場などが連なっている。潮風が荷を担ぐ男衆、荷を下ろす男衆たちの元気のいい声を運んで来る。

港は長い石垣を組んだ防波堤が海へと広がり、その先に燈明台が立っている。その燈明台のあいさつを受けるように色とりどりの旗をなびかせた大小の船が入ってくる。そして出ていく。着岸した船の綱を投げ、その横で船出のための綱を巻き上げる海の男たちのけんかをしているような活気に満ちた声が交差している。

　時折、町の北方より臓の腑にひびく鉄砲の男が聞こえてくる。この辺りは武器製造業者が集まり、鉄砲をつくっているのだ。土塀で仕切られた広場があり、そこが新しい鉄砲の出来具合を試す試射場になっている。ここから銃声が流れてくるのだ。

　堺の町は、通りも、港も町衆の自由を呼吸していた。

　利休は生まれ育ったこの町が好きだった。坐して茶の湯の修業に疲れたら、どこへと目的もなく、ただ町の空気を肌で感じて歩くだけで心が安まった。そして、この町の女たちに、利休は特別な存在となっていた。

　利休の結婚は、二十歳になったばかりのころであった。財を築いた大方の商家の主は妻以外に、外に囲う女や通う女がいた。利休にも女がいた。

　ほかの豪商たちと違っていたのは、利休の場合、女の方から近づいてくることだった。今井宗久や津田宗及らに比するほどの豪商ではなかったが、女に贅沢をさせる金に困ることはなかったが、女を我が物にするために金を使うことはなかった。

　抜きんでた大きな体格と、豪放な性格が何よりも女を惹きつけるのだ。男たちには非理を許さずまっすぐに正論をぶつける容赦のなさも、女に対しては率直な、飾り気のない説得力のある物言いとなり、加えて諧謔性にも含んだ話ぶりは相手の胸を熱くさせ飽きさせることがなかった。

茶室において女と二人きりでお茶を点てるとき、そこに忘我の境地に誘うごとき神秘さが漂い、女たちは自ら利休の前に崩れ落ちた。

女たちにとって、茶の湯は初めて体感する非日常の感動であり、茶室はこころを連れ去られる空間であり、その場にいるだけで、どこか秘密めいて、それでいて厳粛さの奥から湧き起こってくるものは危険な匂いを伴った官能的なものであった。利休との陶酔の時をたゆたった女は若い娘から、商家の内儀、後家と実に多彩であった。

当然のことながら、妻は夫の女遊びを快くは思っていなかったが、利休を辟易させるほどの焼きもちを焼くわけではなかった。利休を辟易させたのは悋気よりも侮蔑をあらわにした言動だった。

妻はいっしょになったときから、自分の出自に対して優越感をもち、利休を見下していた。事あるごとに、三好長慶の腹違いの妹であると広言していた。真偽のほどは定かではない。というのも、三好長慶はあえて肯定もしなければ否定もしなかったからだ。

堺の町衆と三好氏とは深くかかわってきた。大永七年（一五二七）、河内・和泉さらに四国・淡路の守護を兼ねる菅領細川氏の家宰として、堺に入って以来のものである。それゆえ利休と親密になることに、三好長慶なりの計算があった。

「自由都市」堺の町も、その自由を保持するために、時の権力とうまくつき合ってきた。三好氏が堺の町に君臨しているとき、それは利休の妻にとって好ましい状況となり、夫利休に対してあからさまに見下した振る舞いに出るということになるのだ。

だが、そのことは利休にとってさほど気にすることでもなかった。利休がどうしても妻に優しくなれないのは、茶の湯に対する理解がまったくなかったからである。妻は町衆の茶人など絶大な権力をもつ武将の足元にも及ばぬ存在と考えていた。

外で関係をもつ女は違った。茶の湯のことなど何もわからなくても、茶人利休という存在そのものに畏敬の念を抱いた。この男はふつうの男とどこか違っている。女性《にょしょう》特有の勘がそう思わせるのである。利休もその神秘性を自然に表現するすべを心得ていた。

利休と妻との暮らしは、すでに二十五年以上が経過していた。その間に、利休の女遊びが変わってきた。特別な想い人ができたのである。

茶の湯を教える立場にあった利休も、人に教えを乞うことがあった。利休は若いころから観世流の小鼓の名手であった能役者の宮王三郎三入に能を習っていた。茶の湯をきわめんとする思いから能を学んだのだ。一芸に秀でたものは他事にも才能を発揮するものである。宮王三郎三入は茶の湯に関してもなかなかのものであった。

互いに教え教えられる関係は、他の師弟関係とは異なる交わりを重ねてきた。宮王三郎三入の妻女宗恩との出会いが、利休の女遊びを変えたのである。利休のほうから心を動かされた唯一の女人といってもよかった。むろん、宮王三郎三入の存命中は、節度ある距離を保っていた。宗恩のほうも人妻である自分の立場を十分にわきまえ、淫らがましい風情は微塵も見せなかった。

二人の距離が縮まったのは、宮王三郎三入が天文二十二年（一五五三）に病没した十五年ほど前だった。三好長慶が足利義輝を京から追放し、織田信長が斎藤道三と会見したころであった。

利休は宗恩にそれまでの女からはまったく感じられなかった運命的なものを感じ取っていた。宗恩は利休のなかに単なる富商や茶人にはとどまらない男を見ていた。二人の関係は妻帯者と情人という世間の見方を超えた特別なものであった。

もちろん、妻は利休の変化を敏感に察知し、利休のこころが初めて外の女に真剣に動いたことに、初めて本気で嫉妬した。利休と妻の距離はますます離れていった。

それでも、妻は利休に三下り半を書かせようとしなかったし、宗恩も利休夫婦の離縁を望まなかった。茶の湯ではどこまでも毅然としている利休だったが、鋭敏かつ独創的な作意を生み出す頭も、男女のことについては凡庸な世人の頭であった。


利休の周囲がにわかに動きだした。折しも利休が墨蹟の目利きに失敗し、赤恥をかかされたころ、古き世の中の破壊者であり、新しい時代の創造者たらんとするもう一人の男が、利休と、堺の町と深くかかわろうとしていた。

その男は、禍々しい軍馬のいななきとともに利休の前に現れたのである。

第二章　乱世の超新人

永禄十一年（一五六八）九月、織田信長は足利義昭を将軍として擁立するために、近江路を京に向かっていた。従う軍勢は約六万。その中には木下藤吉郎（のちの豊臣秀吉）の姿もあった。

信長の上洛は今回が初めてではない。九年前の永禄二年（一五五九）二月にも上洛していた。当時の京には、阿波の三好一族によって京を追われ、近江朽木に亡命していた十三代将軍足利義輝が勢力を盛り返して戻って来ていた。信長の上洛の目的は義輝の還京祝いのためだった。京都妙覚寺を仮御所としていた足利義輝を謁見《えっけん》しているのだが、信長の上洛はほとんど話題にもならなかった。

九年経っても、信長は尾張、美濃、伊勢などを押さえる戦国の一大名にすぎなかったが、永禄十年から使いはじめた「天下布武《てんかふぶ》」の印判を現実のものとする破竹の勢いがあった。

信長軍は、近江半国の守護六角義賢《ろっかくよしたか》（承禎《しょうてい》）の支城箕作城、本拠地の観音寺城を攻め、義賢を伊賀に逃亡させ、摂津では池田勝正を降服させて京に入り、別行軍の義昭は園城寺光浄院に入った。信長はさらに進み清水寺を陣所と定めた。

信長の二度目の上洛を公家の山科言継《やましなときつぎ》が「京中辺土騒動なり」と書き記したように、大騒動を引き起こした。しかし、京の民は戦国大名の入京による騒乱を恐れる一方で、やがて沈静化することにも慣れていた。どこかふてぶてしい鈍感さを身につけていたのだ。すぐに騒ぎは収まる。今度もそんなふうに見ている者もあった。

だが、十四代足利義栄《よしひで》の将軍就任にかかわった関白近衛前久《このえさきひさ》や参議高倉永相《ながすけ》（兼成）らの公家は恐れおののきいち早く京を出奔、勧修寺晴右《かじゅうじはれすけ》は蟄居となった。

九月二十八日には山科、北白川の二方面から主力軍が洛中に入り、山科、粟田口、西院などに放火し、三好三人衆を撃破した。

三好三人衆とは三好長慶の死後、畿内を支配していた三好長逸《ながやす》、三好政康《まさやす》、岩成友通《いわなりともみち》のことである。情勢を見るに敏な三好三人衆とも対立していた大和多聞山城の松永久秀が信長に降伏を申し出てきた。

九月三十日には、岩成友通の籠る勝龍寺城も陥落、信長・義昭は摂津芥川城に入った。

十月二日、信長は摂津、和泉に矢銭（軍資金、戦争税のようなもの）を課した。石山本願寺に五千貫、堺に二万貫、法隆寺に一千貫、課税した。本願寺は強制に応じたものの、堺は断固信長の要請を拒否した。

信長が堺に二万貫という巨額の矢銭を課したのには、軍事的にも政治的にも戦略上大きな意味があった。

堺という町は、ポルトガル人が持ち込んだ鉄砲を大量生産し、販売する仕組みと経路を培ってきた。堺は貿易港であり、古から中国や朝鮮からの輸入品は、日本書紀の推古天皇の条に記された日本最古の官道である竹内街道《たけのうちかいどう》を通って奈良盆地方面へと運ばれていた。加えて農機具生産などの知識と技術を基盤とする鉄鋼業が発達した先進地域でもあった。

さらに着物を染める染色工場もあった。当時、染料には硝石が使われていた。硝石は日本では採掘されず中国から輸入していたが、堺の染色工場には大量の硝石が蓄えられていたのである。

つまり、鉄砲と鉄砲の弾をつくる材料と技術を備え、火薬の原料である硝石の備蓄も十分にあったところから、堺は一大軍需産業都市としての条件を十二分に満たしていた。信長は、そこに目をつけたのである。

自分たちの町は「まちびと」の町であるという自負と矜持をもつ堺の町衆は、信長への反意を示す。摂津国住吉郡に属する北荘と和泉国大島郡に属する南荘は一致して防戦体制の構築にとりかかった。城楼を上げ、堀を掘り、北の口々に樋を埋めた。町を防御するための傭兵の数も増やした。金を出せば戦をする牢人は世の中にあふれていた。

防戦の構えを十分に備えながら、矢銭の徴収を延期させようと計ったのだ。会合衆の能登屋、紅屋らは堺と同様に主に堀をめぐらした環濠都市である摂津平野の年寄衆にも提携して反抗をしようと、書状を送った。

堺は信長との激突を必至のものと考え、大騒擾のなかにも覚悟を決めていたのだが、信長は正面からの攻撃を仕掛けて来ず、京へ引き上げてしまった。堺に気の抜けたような平穏な日々が戻って来た。十月二十一日には、天王寺屋道叱が一族の宗及、宗閑、了雲らを招き茶会を開くと、十一月二日には宗及が道叱、道巴を招いて茶会を催すというように、堺の町にはこれまでどおりの日常茶飯の風景が見られるようになっていた。

「信長もうわさほどではないな。偉そうなことをいっていたくせに一戦も交えずに京へ引き上げっていったわ」

「所詮尾張の田舎大名にどれほどのことができよう」

「わしらは戦慣れをしているから、ちょっとやそっとのことでドタバタせぬ」

町のあちらこちらで、そんな会話が交わされていた。

このとき、堺は、信長という武人の乱世の新人ぶりをまだ理解していなかった。三好三人衆や松永久秀、六角義賢らと同類ぐらいにしか考えていなかったのだ。

だが、ただひとり堺の異端児がいた。今井宗久である。宗久は自分の人生の転機を、まだあったこともない信長という男に賭けてみようとこころに決めていた。

信長が一気呵成に堺を攻め滅ぼそうとしなかったのは、信長一流の政治的判断によるものだが、堺の町が信長との戦を免れた一因に宗久の嘆願があったことを知る者はいなかった。

信長が堺に矢銭を課したその日、宗久は信長が上洛して陣を張った摂津の西成郡茂河を訪れ、「紹鴎《じょうおう》茄子《なす》」茶入と「松島」葉茶壺を献上した。

突然あらわれた宗久が信長と会見できたのは、旧知の松永久秀の推挙のおかげであった。松永久秀は機を見るのに敏な武将であった。このときすでに自身も信長に天下の名物として知られた「作物茄子《つくもなす》(九十九髪茄子)」茶入を献上していた。

「作物茄子」は、唐物茶入で鎌倉時代日本に輸入され、足利義満から義政へと代々の将軍に伝わった名物である。珠光が九十九貫文で入手したことから『伊勢物語』の「百年《ももとせ》に一年《ひととせ》足らぬ九十九髪　我を恋ふらしおもかけ見ゆ」にかけて名づけられたのだ。

宗久が献上した「紹鷗茄子」は、珠光門下の松本珠報が所持していたが、おなじ珠光門下の鳥井引拙に百二十貫で譲り渡したあと、武野紹鷗《たけのじょうおう》が六百貫で入手した葉茶壺である。「珠光小茄子」「作物茄子」「にたり茄子」とともに天下に四つの茄子といわれた。

一方「松島」の葉茶壺も「ルソンの茶壺」と俗称される南蛮物だが、葉茶が七斤ほど入る。壺の表面に焼成の際にできた多くの膨らみがあり、これを奥州の松島湾に見立てたところから名がつけられた。三好実休《じっきゅう》が所持していた茶壺「三日月」と双璧をなすものであった。

名物の献上がどれほどの効果をもたらしたか定かではないが、反信長の空気が町全体を覆っていた堺でただ一人信長に賭けた宗久は、堺五か荘一千石の代官職と、同荘の塩相物勘過料の代官職を与えられた。淀川を行き来する廻船は石清水八万宮の管理するところで過書座が形成されていたが、宗久はそのなかに割り込んで権利の一部を獲得することができたのである。

宗久に対する信長の厚遇も、とどのつまりは淀川を押さえることによって、京への物資輸送権をわがものとする天下取りのための布石であった。

信長は十五代将軍となった義昭を六条本圀寺《ほんこくじ》に入れ、明智光秀、丹羽長秀、佐久間信盛、村井貞勝らに五千の兵をつけて駐留させ、十月二十六日には岐阜に戻って行った。

この間隙をぬって、三好勢は阿波から京の回復をめざして十二月に和泉に上陸した。堺にはまだ三好勢に好意的な商人がいたのだ。三好勢は、永禄十二年正月四日、義昭のいる本圀寺を襲撃したが、光秀らの奮戦によって撃退された。三好三人衆は義昭方に与した三好義継らと山城の桂川で一戦におよんだが打ち負け、京から一掃された。

茫然としたのは、堺を長年領導してきた旧勢力の会合衆たちである。三好一族が阿波に撤退してしまった以上、底をさらった環濠も堅牢に築き上げた矢倉もただ空しく取り残されただけであった。

三好義継らは堺が三好方を助けたことを糾弾し、堺は結局屈服した。二月十一日に堺接収に信長は佐久間信盛、柴田勝家、和田惟盛ら上使衆を派遣した。堺の会合衆は矢銭二万貫を出したうえ、牢人を抱えない、三好三人衆に加担しないことなどを信長に誓ってようやく許されたのである。

結果的に信長は堺を無血接収したことになった。配下の佐久間、柴田らの軍勢がわずか百人ほどであったのも、信長の意図を表したものであった。

この年の二月、別所に陣取った信長の三千の軍勢によって、堺と同じく矢銭を拒否した尼崎は、四町のあいだをことごとく焼きつくされた。堺があくまでも抵抗していたならば、同様の運命に遭う危険性は十分にあったのだ。

三好勢が一掃された堺は、信長の支配下にはいった。だが、それだけでは終わらなかった。信長の登場は従来の会合衆の序列にも変化をもたらした。

矢銭二万貫の要求に対してはっきりと抗戦の姿勢を示したのは、能登屋や臙脂屋《べにや》らこれまで会合衆の中心になっていた勢力だった。信長に従順な姿勢を見せたのは今井宗久、津田宗及らの新興町衆であり、以降新興勢力が有力町衆として台頭してくることになる。

信長は義昭とも近かった安宅信康を堺の代官とし、のちに側近の松井友閑に政所として堺支配を担当させた。

古い堺の町は壊され、新しい堺が誕生したのである。

利休は新興町衆に属していた。利休の立場は、天正二年（一五七四）に信長から送られて感状が端的に示している。

「越前出馬の就き、鉄砲の玉千到来、遥々の懇志、喜び入り候、なお原田備中守に申すべく候也」

この印判状は、信長が越前の一向一揆を討伐する際に、堺の町に鉄砲玉千個を注文し、それが届いたので、利休に対して送った礼状である。

貸倉庫業と干魚問屋を営んでいた利休は、武器商人、死の商人でもあったのだ。おのれの茶の湯をきわめるために三好氏、松永久秀と移り変わる権力者に近づいた利休であったが、信長という男を知るにつれ、これまでの権力者とは何かが違うと感じていた。

それは、ある種の畏怖の念であると同時に嫌悪でもあった。利休は信長のなかに、同じ野心に燃える自分を見たからだ。

第三章　切り取った蘭奢待

信長が堺を武力によって押さえこもうとしなかった理由の一つに、堺という町の特性が考慮された。それは、上洛以前から京、堺、奈良などでは茶会が盛んに催されていたことであった。茶会という集まりは儲け話に興じ、情報交換をする場だけではなく、唐物茶道具を鑑賞することを主目的としていた。茶道具の鑑賞、賞玩、もっと俗にいってしまえば自分の所有する道具の自慢大会は、所持しているものが良質で、由緒伝来が正統で、かつ名の知れ渡った茶道具類であれば、大いにおのが虚栄心をくすることができた。これを「名物」と称した。（ちなみに後世の人々は、東山御物をはじめ利休以前のものを「大名物」、利休・古田織部《ふるたおりべ》時代に評価されたものを「名物」、下って小堀遠州の時代に選ばれたものを「中興名物」と呼ぶようになる。）

京でも、堺でも茶の湯を嗜む者たちは競って名物を探し求め、買い集めた。また互いに譲渡しあったり、売り買いしたりしていた。

そこに目をつけた信長は、永禄十二年（一五六九）四月、「名物狩り」を敢行した。

名物狩りとは、強制的に名物を買い取ることである。その対象となったのは、主に唐物と呼ばれる中国の宗、元、明から輸入された絵画、書、茶入、天目、茶碗、香炉などの陶磁器にはじまり、盆、香合などの漆工芸品まで多種多彩な美術工芸品であった。

とりわけ歴代室町将軍家は、唐物の美術工芸品の蒐集に熱心であった。三代将軍義満が名画や茶器の蒐集家として一時代を築いたが、その後、茶の湯に関心を示した六代義教や八代義政の時代にも新たに蒐集品が増え、東山第《ひがしやまてい》には「万宝ハ其数ヲシラズ」といわれるほどに、名品名器があふれていた。

東山御物とは東山殿と呼ばれた義政の蒐集品をさすのだが、さらに代々の将軍家の所蔵した美術工芸品のことをいうようになる。東山御物の選定には、義政と能阿弥らが協議して行われたが、目利きの指導をしたのは能阿弥であった。

評価は上中下に区分された。御物は収蔵品としてではなく、書院座敷に飾られ鑑賞の対象となった。

しかし、足利幕府の衰退とともに、高価な御物は市中に流失、売却されたり、消失・散逸したりしてその一部が戦国大名や京や堺の豪商たちの手に渡っていったのである。信長は、それら東山御物らの美術工芸品を狩り集めだしたのだ。そのきっかけとなったのが、松永久秀の作物茄子と今井宗久の松島、紹鷗茄子の献上であった。

信長は家臣の松井友閑と丹羽長秀に命じ、まず上京の富豪から六点を買い上げさせた。

上京大文字屋（養清）所持の　一、初花（初花肩衝）
祐乗坊の　一、ふじなすび（富士茄子）
法王寺の　一、竹さしやく（竹茶杓）
池上如慶が　一、かぶらなし（蕪無花入）
佐野（承左《じょうさ》）雁の絵

江村（栄紀《えいき》）　一、もゝそこ「桃底花入」
以上

『信長公記』

大文字屋の「初花肩衝」は、「新田」「楢柴」と並んで「天下の三つの名物」といわれたものである。初花の名は「紅の初花染の色深く思ひし心われ忘れめや」（『古今集』）の歌から足利義政が名づけたとされている。

「富士茄子」は唐物の大名物茶入である。京野菜の茄子に似ていて、しかも同類の茶入のなかでは頭抜けているところから富士茄子と呼ばれるようになった。奈良の茶人松屋源三郎の「松屋会記」によれば弘治三年（一五五七）五月一日に京祐乗が牧谿の「枇杷」絵（青玩名物記）を掛け、「富士茄子」を使った茶会を行ったことが記されている。信長はこの竹茶杓を、天正二年四月三日、相国寺の茶会でも使っている。

池上如慶は、禁裏の南側の上京新在家に住む裕福な商人のひとりであった。京では根が丸みを帯びた聖護院カブや近江カブを使った千枚漬けが知られている。「かぶらなし」花入れは「蕪無」「無蕪」と書くごとく、どこにも丸みがなく、口が開いている形から名づけられたものである。

「雁の絵」は南宋の画僧玉磵《ぎょっかん》筆による「平沙落雁」と名づけられた水墨画である。

「桃底花入」は小形の金属製花入。下部が桃の形を連想させるところから名づけられた。珠光の跡継ぎの村田宗珠が所有しており、宗珠から越前朝倉氏を経て栄紀が入手していたものであった。

名物の召し上げは、それを行った地域にも大きな意味があったのだ。京の町は、天皇御所や将軍邸、寺院などが集まる政《まつりごと》を司る上京と、経済的富が集中していた下京に大きく二分されていた。京の政治地域で名物狩りをしたということは、信長の名物狩りは、明確に政治的意図を暗示していたのだ。

名物狩りは、京の中枢に信長の力によってくさびを打ち込む象徴的な行為だった。

信長が名物狩りをした理由について『信長公記』は「信長、金銀・米銭御不足なきの間、此の上は、唐物天下の名物召し置かれるべきの由」と記した。家臣たちはみな、また世間も信長の前例なき行動をこのように理解した。これは表面的な理由にほかならない。信長の底にある思惑を理解した臣下はこの時点ではだれもいなかった。世の中も信長を理解していなかった。

翌永禄十三年（一五七〇）、信長は京に続いて堺で二度目の名物狩りを行った。二度の名物狩りによって、信長の意図が明確になってくる。信長は一国の値に匹敵するほどの高値で買い集めた茶道具を、戦で武功のあった家臣に与えたのである。

その結果、配下の武将たちは戦功として新たに領国を与えられるよりも、高価な茶道具を譲られることを喜ぶようになった。さらに、信長は茶の湯を許可制にすることによって、自らの権力と茶の湯の権威を高めていった。

これが、後年「茶の湯御政道」といわれたものである。茶の湯を政治支配構造に利用し、これまでなかった権力の演出装置を生み出したのである。

信長による名物狩りは、名物茶器の所有は専制君主の権威づけに不可欠なものになっていくのと同時に、名物を奪われる、召し上げられることは従属を強いられることを意味する時代をつくりだした。

さる程に、天下に隠れなき名物、境に在り候道具の事、
天王寺屋（津田）宗及　一、菓子の絵
薬師院　一、小松島（葉茶壺）
油屋常祐　一、鉗子口（花入）
松永弾正　一、鐘の絵

『信長公記』

この条には「違背申すべきに非ず候間、違儀なく進上」とあり、京のときと同様に金は支払われたのだが、買い上げを拒否できるものではなかった。

宗及は多くの名物を持っていた。父宗達の代からの「台子四つ飾」は、一千貫の値で取引された「平釜」、珠光が所持していた「抱桶水指」、「合子」、「珠光鉗子口」の柄杓立のいずれも名物として知られていた。

唐絵についても、牧谿筆の「船子の絵」をはじめ多くを持っていたので、どの名物が目をつけられてもおかしくなかった。

「菓子の絵」は本来二幅一対の絵で、宗及の絵は左絵であった。青漆の盆に「枇杷、桃、蓮根、楊桃《やまもも》、瓜」の五種の果物を青磁の盆に乗せた静物画であった。

薬師院というのは、堺の医家武田氏のこと。天皇の治療を行い、薬師院の号を与えられたという。油屋常祐は堺の豪商のひとりである。鉗子口花入とは、金属製（胡銅）で下部が丸く、首が長く、口周りが蜜柑形に膨らんでいるものをいう。

松永久秀の「鐘の絵」は牧谿筆「煙寺晩鐘」と題された水墨画である。松永久秀は「作物茄子」を献上して以来、生涯にわたって信長とは切っても切れない関係となっていく。

信長は堺の町衆たちから名物の召し上げを行うに際して、堺に古くから根をおろした能登屋や紅屋といった「会合衆」に属する豪商たちは対象からはずしている。堺の旧勢力ではなく、天王寺屋、油屋といった新興勢力から召し上げたのである。

信長の名が世の中に知られる以前から、名物茶器は富と権力の象徴だった。富裕の町衆、越前の朝倉氏しかり、山口の大内氏しかり武将を問わず名物は重んじられていた。山口の「大内文化」と並んで、信長の前に足利義昭が頼った朝倉氏は、「一条谷文化」「朝倉文化」の地として知られていた。朝倉氏は「象潟」のは茶壺、「曜変天目」「木枯肩衝」「朝倉（本能寺）文琳」、牧谿筆「洞庭秋月《どうていしゅうげつ》」玉磵筆「遠浦《えんぽ》帰帆《きはん》」などの名物道具を所持していた。

永禄十三年（一五七〇）四月、信長は越前の朝倉義景を攻撃した。だが、朝倉義景との同盟関係を重視した浅井長政に背後を突かれ、挟み撃ちにあう危機を脱出して京へ帰還した。後世に伝わる金ヶ崎の退き口である。態勢を立て直した信長は、浅井と組んでいた六角承禎を一蹴して気勢をあげると、六月に徳川軍との連合軍によって浅井・朝倉連合軍に戦闘を仕掛け（姉川の戦い）勝利した。

この直後、七月、京都奪還を目指して三好長逸らは阿波から出撃した。黙視するわけにもいかず、信長は数万の軍を率いて大坂天王寺まで出陣した。期せずして信長軍に包囲されるかたちになった石山本願寺は、九月には三好勢と手を結んで挙兵、三万の一揆勢によって信長軍に襲いかかった。野田城・福島城の戦いである。このときから、十一年におよぶ血みどろの石山合戦がはじまることになる。

これだけではなかった。十一月には、伊勢長島の一向宗願証寺を中心とする一向一揆が蜂起した。「長島一向一揆」である。

そして、信長は破壊された京の町の復興に着手し、京都所司代に村井貞勝を任じ、岐阜へ引き上げていった。

元亀元年も押し迫った十二月、信長は正親町天皇と足利義昭の仲介により、三好、本願寺と講和した。だが、信長と浅井・朝倉・本願寺との見せかけの講和は当然のこととして破棄される。翌元亀二年五月、松永久秀もまた信長に背いた。

武田・浅井・朝倉・三好・本願寺と反信長勢に包囲される形となった信長は、状況を打破するために九月に比叡山焼き討ちを行った。四日間にわたる掃討戦において惨殺された僧俗男女は三千人から四千人を数えた。

元亀三年（一五七二）七月、信長は五万の軍勢を擁して、浅井長政を攻撃。朝倉義景は長政の援軍要請をうけ、一万五千を率いて近江に向かった。さらに、同年十月、将軍足利義昭の檄に応えて武田信玄が二万五千の軍勢を率いて、甲斐からついに動いた。

武田信玄は、三方ケ原の戦いにおいて織田・徳川連合軍を遠江で撃破し、三河に進軍した。これに呼応する形で、浅井・朝倉軍は北近江で織田軍を釘づけにしているあいだに、信玄を上洛させるべく信長包囲網を完結させせようと目論んだのだ。

だが、十二月に入り、信玄は遠征の疲労と降雪を理由に部隊を越前に引き上げてしまった。信長包囲網はもろくも瓦解してしまったのである。

時代は目まぐるしく動いていた。それを象徴するのが改元であった。

永禄十三年（一五七〇）が元亀元年に改められると、わずか四年で天正に改元された。元亀から天正への改元を上奏したのは、信長だった。まさに世の中に自分が天下人たらんとする意思表示といってもよかった。正親町《おおぎまち》天皇は改元の結果を信長に異例の報告までしている。義昭のあと、信長を天下人として承認する朝廷の意向を示したのだ。

改元による天正期のはじまりは信長にとって、人生の絶頂期へ向かう階梯《きざはし》となった。

天正元年、織田・徳川連合軍は小谷城の戦いで浅井・朝倉連合軍を破る。同年将軍義昭が京都を離れる。実質上室町幕府が滅亡する。天正二年長島一揆を殲滅《せんめつ》、そして、天正三年、織田・徳川連合軍は長篠の戦いで武田勝頼を破った。

戦を終わらせるためには二つの道しかない。武器を永久に捨てるか、完璧に敵方を支配するまで戦い続けるかである。信長の戦は常に後者である。

和睦は次の戦いを準備するあいだ灰の中に熾火を隠すごとく戦略上の駆け引きにすぎない。信長の戦の仕方はどこまでも苛烈である。上洛以降、信長はますます戦線を拡大し、戦い続けた。また、信長包囲網のなかで戦うことを余儀なくされた。

それでも信長はひるまなかった。天正期に入り、戦いにつぐ戦いの日々もひと息つける落ち着きをつくりだしていた。戦勝者の美酒を満喫できたのは、一人信長であった。茶の湯もまた、誇らしげに味わうことができた。

天正元年十一月二十三日・二十四日の両日、信長は京都二条衣棚の妙覚寺で茶会を開いた。二十三日の客は、堺の商人塩屋宗悦、松江隆仙、天王子屋宗及の三人。茶室は四畳半。牧谿筆の「洞庭秋月」の絵がかけられ、鶴首の釜が天井から釣ってあった。茶席には台子が据えられていたが、水指がなく、台子の上板には大名物の白天目が、地板には「金ノバウノサキ（棒の先）水下」の建水と瓢箪の炭入れが置かれていただけであった。

白天目は本願寺から信長に進上されたもので、金蘭の袋に入れられ、「柱漿《けいしょう》の台」に乗せて飾られていた。柱漿の台は天目を乗せる台で、漆を幾重にも塗り重ねて龍の文様を掘りこみ、文様には縁取りが施されている手の込んだつくりになっていた。

喫茶のあと、信長は朝倉義景が所有していた牧谿筆「遠浦帰帆」の掛け軸をもちだしてきた。「洞庭秋月」の絵と同様に、越前進攻に先立って恭順の意を示した武将たちから進上されたもので、朝倉氏を殲滅させたことを誇示するものであった。

料理は三の膳まで出された。一の膳（本膳）は四角足つき膳で、赤色の飯椀、汁椀、雉や鯛の青鱠に蛸など。二の膳も足つき膳で、鱈の汁、鮭の焼き物、独活に鮨が乗せられていた。三の膳は亀足蒲鉾、鯉の刺身、生貝に酒、汁が出された。別に汁物では最高級のものとされる白鳥の汁が出され、さらに信長自ら鷹狩で捉えた鶉の焼き鳥も添えられるという豪華なものであった。

もっとも驚くべきことは、信長自身が給仕を務めたことである。信長は浅黄の袴に肩衣、桐紋の白綾という武家の正式な出で立ちであった。堺の商人たちをかくも破格の待遇でもてなしたところに、信長ならではの計算があった。

翌二十四日は松井友閑を正客に、今井宗久、山上宗二を相伴として行われた。この日も台子が据えられ、

「大覚寺天目」に「胡桃口水指」それに「作物茄子」茶入で、利休が濃茶を点てた。信長自らも茶席に入り茶を喫して、所蔵する名物葉茶壺「三日月」の葉茶を挽いた。そのあと宗久が薄茶を点てた。蕪無の花入に生けてあった白梅は、信長が生けたものであった。

天正二年（一五七四）、津田宗及は前年の茶会の歓待へのお礼を兼ねた年頭の挨拶に岐阜城を訪れた。一月二十四日に堺を出て京都を経て一月二十八日に岐阜に到着、二月一日に信長に拝謁した。二月三日に、信長は宗及のために朝会を行った。床には玉磵筆「煙寺晩鐘」の絵が掛けられ、その前に柳を一枝挿した蕪無の花入。花入は前日宗及が献上した杜漿盆に置かれていた。こうした細やかな心遣いも信長の一面なのだ。

点前座には台子が据えられ、台子の上には今井宗久から進上された紹鷗茄子と「数の台」といわれている名物の天目台にのせた「犬山天目」が長盆に入れて置かれていた。台子の内には「八角釜」と本願寺の寺侍下間丹後から進上された「桶形の水指」。この八角釜は後に明智光秀に下賜されることになる。料理は三の膳まで出された。一の膳は信長の弟織田信行の子信澄（津田信重）、二の膳は信長の息子茶筅（信勝）が、飯の再進は信長自らという大変なもてなしぶりであった。料理のあとの休憩をはさんで座敷に入ると、花瓶の代わりに「松島」の葉茶壺が飾られていた。足利義政から武野紹鷗へ、その女婿今井宗久を経て信長に進上された名物葉茶壺である。

点前座の台子に置かれた犬山天目には茶巾・茶筅が組み込まれ、盆には象牙製の茶杓が置かれていた。

堺の赤根旧蔵の「珠光茶碗」、平手中務が所持していた建水などが飾られていて、茶を点ずる用意が万端整っていた。

「これらの道具を使って独服せよ」

信長の命令であった。

宗及は深々と頭を下げて、自ら点てた茶を喫した。思いもよらぬ歓待に宗及はただただ恐懼《きょうく》してかしこまったままだった。堺の町衆を宗及に代表させ、堺が信長に臣従させられた瞬間であった。


飽くなき理想主義者は、完膚なきまで敵を打ちのめす現実主義者だった。天正二年（一五七四）、信長は、伊勢長島の一向一揆に対して水陸両面から七万の大軍による三度目の攻撃を行った。これまでの敗退を一挙に挽回すべく物量作戦に出たのだ。

量には量で対抗とばかりに、一揆勢も各地に分散していた勢力を、伊勢の大鳥居城、屋長島城、中江城など七か所に集中して抗戦を続けていた。

七月に入ると、信長は九鬼水軍の安宅船の大鉄砲攻撃で海上を封鎖し、糧道を断つ作戦に出た。このため一揆勢には餓死者が相次いで出て、大鳥居城にこもる男女千人が夜間脱出を試みたが惨殺された。八月三日には落城、十二日には篠橋城も陥落し、最後の砦となった長島に追い詰められた。

退路を断たれた一揆勢は九月二十九日に降伏した。いったんは降伏を許した信長だったが、長良川の堀割から退去する一揆勢に集中砲火を浴びせて皆殺しにした。中江・屋長島の城には放火し、男女を焼殺した。その数は二万人にも上った。

三度の攻勢によって、ようやく信長は一向一揆との戦いを殲滅戦によって終焉させたのである。

同じ年の春、信長は堺の町衆を茶会に招いていた。

三月二十四日、京都五山のひとつである相国寺の茶席では、床に宗及から召し上げた「菓子絵」、点前座に台子が据えられ、天王子屋宗達旧蔵の「藤波釜」、珠光旧蔵の「柄杓立」、紹鷗旧蔵の「犬山天目」などが飾られ、信長の側近である松井友閑が茶を点てた。宗及は信長自らが選んだ紅屋宗陽旧蔵の高麗茶碗で茶を飲んだ。

茶の後、宗久、宗及、利休の三人は書院において「千鳥香炉」を見物した。青磁円筒形の三つの足香炉で、底分中央の高台に立ち、周囲の三本の足が宙に浮いた形になっている。連歌師の宗祇が所持していたが、駿河の今井氏真を経て信長に進上された香炉であった。名物香炉には名物の香木と、信長が考えたとしても少しもおかしいことではなかった。それにしても、そのあとの信長の行動はまさに信長の面目躍如たるものがあった。

三月十七日、信長は、東大寺正倉院に収蔵されている名香「蘭奢待《らんじゃたい》」の切り取りを朝廷に奏請したのである。というのも、蘭奢待を管理する東大寺の一存で開封することはできず、開封・切り取りには天皇の勅許が必要だったからだ。

蘭奢待の切り取りはこれまで足利将軍の代わりの折にのみ許されたが、実際に切り取った証拠が明らかなのは寛正五年（一四六四）九月の義政であった。そして、およそ百年を経て今度は将軍職ではない信長である。

蘭奢待は「黄熟香」と呼ばれる伽羅の芯の香木である。蘭奢待というのは文字の中に「東・大・寺」の名を隠した雅名である。名香は聞いたときに、五味――甘い・辛い・苦い・酸っぱい・鹹《かん》（塩辛い）――のすべを聞くことができるとされ、蘭奢待はこの五味すべてを兼ね備えていた。

正親町天皇がどのような感情の葛藤をおぼえようとも、時の勢いのなかで信長の奏請に許可を与えざるをえなかった。三月二十六日に日野輝資《ひのてるすけ》と飛鳥井雅教《まさのり》の両大納言が勅使として東大寺に下り、切り取りの命が伝えられた。

一度決断したら、行動が素早い信長であった。同日、信長は三千の兵を引き連れて京を発ち奈良へ向かった。三月二十七日、勅使両名は東大寺に宿泊。翌二十八日、正倉院中倉から櫃に入った蘭奢待が運び出され、信長が待ち受ける多聞山城御成りの間に持ち込まれた。そこで、古法にのっとり一寸八分（約五センチ）四方を切り取ったのである。

「一つは禁裏様へ、一つはおれが拝領しよう」

と、信長はつぶやいた。

しかし、それだけでは終わらなかった。

「東大寺（蘭奢待）に劣らぬ名香といわれている紅沈《こうじん》もあるそうだが、見てみたい」

そういいだした信長に異を唱えることもできず、正倉院の執行役らは立ち戻って北倉から径一尺、長さ四尺ほどのその香木を多聞城に運び入れた。かたずをのんで見守っていたが、信長はこちらのほうは切り取るとはいわなかった。

それから日を置かず四月三日に信長は相国寺で茶会を催した。にわかに宗及、利休らが呼ばれた。茶会は床に本願寺から贈られた玉礀筆の「万里江山」の絵の掛物、大文字屋から召し上げた初花肩衝、安井茶碗、朱徳作竹茶杓などが記録された。点前は不住梅雪だった。この日は、茶会そのものよりもその後のことを、利休は忘れることができなかった。

信長は利休と宗及に切り取った蘭奢待を下賜した。両人が拝領したのは、二人とも香炉を所持しているからということだった。利休は「善好香炉（珠光香炉）」、宗及は「不破香炉」を持っていた。

家臣および堺衆が居並ぶなか、かしこまって控えている利休と宗及の前に信長は扇子に乗せた蘭奢待を扇子ごと下げ渡した。周りの者らはそれを羨望の目で見ていた。ほかに天皇、前関白九条稙通《たねみち》、家臣の村井貞勝らにも分け与えられた。

蘭奢待の下賜にみられるごとく、信長の堺の町衆に対する厚遇はずっとつづいていた。

天正三年（一五七五）十月二十八日、信長は京・堺の数寄者十七人を呼んで妙覚寺で茶会を催した。

御座敷の飾は、一、御床に晩鐘、三日月の御壺。

一、違棚に置物。七つ台に白天目。内赤の盆につくもがみ（九十九髪）。
一、下には合子しめきり置かれ、おとごぜの御釜（乙御前釜）。
一、松島の御壺の御茶であった。

大座敷で三の膳までが出されたあと、五人ずつ小座敷に移って茶になった。三回におよんで松島葉茶壺の茶が振る舞われた。そして、この日の茶会の茶頭は利休がつとめた。これ以降、利休は急速に信長に近づいて行った。

信長は、その研ぎ澄まされた感性から、利休のもつ非凡な茶の湯の作意と所作に何かを感じ取っていたのだ。

茶会後、荒木村重、佐久間信盛、武井夕庵、松井友閑らが「跡見」を行った。茶会が終わって使われた道具類などの様子を見物したのである。

かくして信長の堺衆の懐柔は、ここに極まった。信長はこの後、京衆も籠絡させる心算であった。

第四章　茶の湯戦《いくさ》

——目利きというのは、だれにでもできることではない。茶道具ともなれば、目利きはいっそう複雑になる。まして矢玉をかいくぐり戦場を駆け巡って来た男に、茶道具の目利きなどどうしてできるのか。絵画ならまだしも竹の茶杓の良し悪しなど素人にわかるはずはないではないか。

名物狩りのあと、永禄十二年十二月二十九日、信長は岐阜城で最初の茶会を催した。参客は村井貞勝、細川藤孝（幽斎）、明智光秀、公家の山科言継である。眼前の信長にひれ伏して、そんなことを思ったのは光秀一人だけであった。

いくら武略に抜きんでた才覚をもっていても、茶の湯の世界、茶器名物の世界は別物である。信長の父信秀は、牧谿筆「山市晴嵐《さんしせいらん》」の絵や「篠耳杓立」などを持っており、信長の傅役《もりやく》であった平手政秀は大名物である抹茶入「平手肩衝」や「水覆合子《みずこぼしごうす》」などを所有していたので、信長は茶の湯とは無縁な環境で育ったわけではなかった。茶の湯の薫陶を受けて育ったといってもいいだろう。だが、上洛以前には茶の湯に強い関心を示したわけではなかったし、茶の湯に精通している武将というわけでもなかった。

たまたま岐阜に下向していて招かれた山科言継などは、茶会のことよりも岐阜城そのものに興味があった。岐阜城は山麓には庭園内に四層の御殿があり、山頂には三層の櫓「天守」があった。

岐阜城を訪れた宣教師のフロイスは、「天守」の紺碧障壁画で飾られた部屋で茶の湯道具を見せられたことを記録している。一階は東西六間、南北七間で、上に楼閣が聳え四階は三間四方であった。

名物狩りといっても、京や堺の名物を根こそぎもっていくわけではなかった。五点、六点と選りすぐったものだけを召し上げている。的確な価値判断のもとで取捨選択を行っているのだ。どうしてそんなことができたのか。また、だれがどんな名物を持っているか、どのようにして情報を入手したのか。光秀が行き着いた結論は、松永久秀や今井宗久らであった。

信長は説明や言い訳を嫌う男である。断じて部下たちに許さなかったし、自分もしなかった。何事もイノチガケでやりとおす信長の決断には、相手がだれであっても有無をいわせぬものがあった。部下は一度しかいわれないことをよく理解できなかったとしても、聞き返すことができず自分で判断し行動するしかなかった。

それが褒められることもあれば、逆鱗にふれてところ構わず大喝されることもあり、ときには命を落とすことさえあった。

——おそらく今井宗久らも試されたのだろう。自分の目利きを何度か信長の前で試されたはずである。

「おのれの命に賭けて、あっちの名物よりこっちの名物のほうが優れているといい切れるか。どの点がどのように優れているのか。だれがどんな名物を持っているかつぶさに調べて教えろ」

と、詰め寄られたかもしれない。

そのような覚悟で目利きをしたことがなかった宗久らは、さぞかし油汗を浮かべたことだろう。まさしく首を斬られる覚悟で返答せざるを得なかった。宗久らに真剣勝負をさせながら、信長殿は名物の目利きのコツをつかんでいったのではないか。

光秀はそう結論付けて自らを納得させた。

それでも信長から、

「おれが、なぜ、名物狩りをしたかわかるか」

そう問われたとき、「わかります」とは答えられなかった。事実、ほんとうのところは理解していなかった。

「おれは、最初に久秀らをはじめとする大名や京、奈良、堺の町衆が所持する名物を買い上げた。それらの元をただせば、足利将軍家が後生大事にしてきた名物ばかりである。何故そうしたか、そこが重要なのだ」

光秀は、信長の次の言葉を待った。

「名物といえば、だれもが美を口にする。では、美とは何か。美とは、力のある者が定義づけ、価値づけしたものだ。美は美としてあるというのは空想に過ぎない。天下を支配する者がこれは美であり、名物であるといったときに、美となり、名物となる。その価値づけは揺るぎないものになる。おれが狩り集めた名物は将軍家が価値づけしたものだ。みなその価値の序列を疑うこともなく、ありがたがって売り買いをしている。足利将軍家が高値を付けたものは高値で売り買いされる。価値なしとされたものは見向きもされなくなる。そこで、まずおれが将軍家の大事にしていた名物を刈り上げることで、だれが今現在力を持っているかを明らかにすることができる」

知略・謀略に長けた明敏な頭脳の持ち主である光秀は、信長がいおうとしている奥にある思いを探ろうとした。

「それだけで、おれが満足する男だと思うか」

光秀は信長の眼の中の動きを注意深く見つめた。

「足利将軍家が保持していた名物をいくら集めたところで、所詮将軍家がつくりだした美は優れたものだと証明するだけでのことで終わってしまう」

信長は光秀のこころの中を見通すがごとく、きっぱりといい放った。

「これからの名物の価値は、おれが決める。名物を、天下一を測る尺度は、ほかのだれでもない、この信長という人間でなければならぬのだ。ここからがいちばん肝要なことだ。天下の権力を取った者は、なぜ天下の名物を手に入れようとするのか」

光秀の頭上に信長の声が降ってきた。

「他国をそして日本全国の領土を奪い取り、農作物の生産を伸ばし、武器や兵卒の数を増やし、富の実権をにぎったとしても、まだ天下を治めたことにはならぬ」

「と、申しますと」

光秀は、われ知らず言葉に力を込めていた。

「よく覚えておけ。文化の価値の尺度をつくり、文化を掌握し続けてこそ、はじめて天下を治めることができる。それゆえ、おれはおまえたちに、名物を下げ渡してきた。光秀、おまえにはたしか八重桜（茶器）を、勝家には天猫姥口（釜）、長秀には白雲（茶器）、秀吉には乙御前（釜）だったな。ほかにもいろいろ与えてきた。一益（滝川）のやつめ武田攻めの功として、関東官領職と上野一国、信濃に軍という過分な褒美を与えてやったのに、茶器をもらえずに遠方に追いやられてしまったと大いに落胆して嘆いたそうだ。おれの部下は、名物茶器、茶会のありがたさを十分に熟知しておろう。秀吉しかり、光秀、おまえもそうであろう。おれが茶会を開くことを許したのは幾人もいない」

光秀はただ首肯するしかなかった。

「文化の支配と、創造。それがおれの天下布武だ。おれの究極のねらいは、おれが日本の文化を創造するということだ。そして、日本のすべてを支配する。そこまで行ってこそおれの天下布武が完成する。足利将軍家でも、天皇家でもない。そのために利用できるものは利用するし、破壊すべきものは破壊するのだ」

光秀は、改めて信長の底知れぬ怖さを知った。

詩歌能楽の芸能も、絵画や書の美術も、建築物も、兵器も、生産物も、伝承されるべき日本の伝統も、信長の思うままに決められてしまう世の中がはじまろうとしている。一個人の傲慢さもここまで増長すると、光秀の常識や感性ではとてもついて行ける領域ではなかった。

このときから、自分でも気づかぬままに、光秀の信長への謀反の種が蒔かれたのかもしれない。


「わからぬ、わからぬ」

秀吉は急に声をあげた。

「いかがなされました」

添い寝をしていた女が驚いて、秀吉の胸から顔を上げた。

「なんでもない」

そういって、秀吉は荒々しく形のいい女の白い双丘をまさぐりはじめたが、もはやその気は失せてしまっていた。

秀吉は、邪険に女の体を突き放して、腕を組んで天井をにらんだ。女は秀吉の思いもよらぬ振る舞いに震えて、夜具の隅に裸身を小さくしている。

どうしてこんなときに利休のことなど思い浮かんだのか、秀吉は自分の心の所在がつかめなかった。

――このところますます上様の覚えもめでたくなってきている。上様の前に出ると、今でも身が凍りつく思いがするのだが、おれには上様がいわんとすることを先に回ってわかる。だが、それを表に出すわけにはいかぬ。そんな小賢しいことは上様がいちばんお嫌いなことだからな。上様から直にお言葉を頂戴するにつれて、気苦労も大きくなっていくのだが、それは最初から覚悟していることなのだ。上様に自分のいうべきこと、上様のために動くべきときがわかるのだ。

だが、おれの頭ではどうしても理解できぬのが、あの茶の湯というやつだ。茶の湯だけはおれには無縁のような気がしていた。上様はつねに余人の思いもよらぬ行動をなさるのは重々承知しているのだが、茶の湯がわからぬということは、わかったつもりでいた上様のお考えがわかっていないということではないのか。それが、おれを不安にさせるのだ。

だとすれば、おれがしなければならぬことは、好むと好まざるにかかわらず茶の湯を理解することだ。それが上様の意にかなうことであれば、だれよりも茶の湯に通じなければならぬ。

それにつけても、あの利休という男は、まさしく物の怪よ。どうして上様の前に出てもあのように物怖せずにいられるのだ。それに、あの堂々たる体躯はどうだ。あれで町人なのだから、わが身を卑小に感じてしまうのだ。

利休と親しくなること、それが武功に劣らず秀吉のひそかな願いとなった。今のところ口もまともに聞いてもらえぬ距離がある。相手は自分のことなど歯牙にもかけていない。秀吉は、ひとかどの武将になってから、町人にこれほどまでに無視されたことはなかった。

何とか一矢報いてやろう。秀吉の負けん気は何度も利休を自分の前にひれ伏せさせることを思いうかべた。だが、どのようにして……。

そのうち何か手立てを思いつくだろうと、秀吉は持ち前の楽天さで陰な気分を追い払って、先ほど突き放した女の体を引き寄せた。女の濃い匂いが秀吉の鼻を覆った。

やがて、利休と秀吉の関係に一つの転機が訪れた。信長から茶の湯を催す許可を得たのだ。これで晴れて茶会が開ける。秀吉は身をよじって喜びに浸った。その喜びは、同時に同じくらいの不安を伴ったものであった。果たして自分に他人の物笑いにならない茶会を催すことができるだろうかと。

秀吉は自分が無知であることを少しも恥じることはなかった。むしろ知ってもいないことを知っているふりをすることのほうが数倍恥ずかしいと思う男であった。わからないことは知っている者に聞くのがいちばん効率的である。そうした柔軟さが秀吉の真骨頂でもあった。

となれば、信長の茶頭に教えを乞うのが最良の方法である。秀吉が選んだのは利休であった。信長の茶頭としては、今井宗久、津田宗及よりも下座に位置する利休のほうが近づきやすかったというだけでなく、持ち前の嗅覚で門外漢ながら、利休の茶の湯にほかの茶人にはないものを嗅ぎ取っていたからである。

何がどう違うのか、言葉で説明することはまだできなかった。ただ、利休の茶の湯の所作、作法の一つ一つに、吸い込まれるような魔性の磁気のようなものを感じるだけであった。

秀吉はこのとき近江長浜十二万石の城主となっており、信貴山城の戦いでは織田信忠の指揮下で松永久秀を滅ぼす武勲を立て、おのれの前途は洋々たるものと自負していた。そんな勢いが利休に接近させたのも自然な流れであった。

幸運にも秀吉は利休と二人だけになる機会を得た。この千載一遇のときを逸してなるものかと、全身を笑顔で包んで近づいていった。

「お教え願いたいことがあるのですが。聞きおよんでおられるかどうか、わたしはようよう上様から茶の湯のお許しをいただきました。それゆえ、茶席における亭主の心構えといったことについて、ご教授いただきたい」

こういうときの秀吉は自らの卑屈さを愛敬に変えてしまう天賦の才があった。頭を百遍下げろといわれたら、百遍頭を下げられる男であった。

「筑州どのでしたな。さてさて、亭主の心構えといっても簡単に会得できるものではありません。そうですね。天下一の点前の話をしてあげましょう」

そういって、利休は頭を下げている秀吉に笑みを向けた。畳に頭をつかんばかりにしている秀吉には、利休の真意を表情から読み取ることはできなかった。ただ、天下一という言葉がなぜかどんと心を打った。

「ぜひともお教えください」

秀吉はわずかに利休に膝を寄せた。

「一つのたとえ話をしましょう。あるとき茶の湯の師匠を、その弟子が茶会に招いたと思ってください。弟子は師匠を茶室に案内し、中立に至るまでは大過なく茶事は進みました。ところが、濃茶の点前となって、それまでの極度の緊張からか、弟子の手元が震えだしたのです。茶杓は棗《なつめ》から落ちる、茶筅は倒れる、さんざんな点前となってしまいました。師匠の供をしていた別の弟子たちは袖を引きあって必死に笑いをこらえています。茶事が終わり、大失態を演じて小さくなっている弟子に、師匠は何といったと思われますか？」

「さあ、皆目わかりません。まだおまえには茶会は無理だ、もっと修業をしなさいと」

　秀吉は素直に答えた。

「師匠はこういったのです。『本日の点前は天下一である』と」

「なにゆえに、そのような賛辞を。ますますわからなくなりました。そのときの亭主は無様な姿をさらけ出したわけでしょう」

「師匠の弟子たちも同じような質問をしました。そのとき、師匠はこういったのです。『本日の亭主は点前を披露するためにわたしたちを招いたのではない。ただ一服の茶を振る舞おうと思って招いたのだ。湯がたぎっているあいだにひたすら一服の茶を点てよう、過ちを顧みないで一心にわたしたちをもてなしてくれたということがわからぬか。その一途で邪念のない心に感じ入ったからこそ称賛したのだ』と」

　秀吉は返す言葉をもたなかった。

「では、こちらからも質問します。客と亭主の心の持ちようは互いにどのように心得ていくべきか、おわかりになりますか？」

「お教えくだされ」

「いかにもおたがいのこころにかなうのがよい。だが、かないたがるのはよろしくない。この心持を忘れないように。茶の湯の道に習熟した亭主と客なれば、自然とそのこころが通い合うものなのです」

利休は、自然とこころにかなうのはいいが、意識的にかなおうとするのはよくないといっているのだ。鋭敏な秀吉は、信長に対するこれまでの自分の気持ちを言い当てられたような気がした。この男、まさしく恐ろしい男だ。秀吉は改めて実感した。そして、一瞬憎しみがよぎった。

「茶の湯は、あくまでもそうありたいものです」

利休は、最後の言葉に力をこめていった。

信長の茶頭時代の利休にとって羽柴筑前守（秀吉）の存在は、ほとんど視野の外にあったといってもよかった。お互いに顔見知りという程度であった。

そのころ利休が茶事を催していたのは、明智光秀、松井友閑、荒木村重、佐久間正勝、牧村長兵衛らであった。牧村長兵衛はのちに牧村兵部の名で知られる利休七哲といわれた弟子のひとりである。彼らと比して、秀吉の利休との本格的な出会いは遅れた。

表に出すことはなかったが、利休は自分の前でかしこまっている猿面の小男が、なぜか自分の人生に大きく関わってくるのではないのかという予感を感じた。その予感は、信長との出会いに感じたものとは別のものだった。

秀吉も、利休が茶を点てる静謐さのなかに、釜の湯のごとく底知れぬ野心が自分と同じようにたぎっていることをなぜか感じ取っていたが、このときはさほど深く考えることもなかった。

光秀と秀吉が信長に、そして利休に名状しがたい何かを感じ取っていたころ、利休と信長との関係は一段と密度を増していた。そのきっかけのひとつになったのが、名物茶壺「三日月」の事件であった。天正三年（一五七五）四月八日、信長は本願寺と手を結んだ三好康長のいた高屋城を攻めた。これまでも柴田勝家、明智光秀、荒木村重、細川藤孝（幽斎）らが攻撃を仕掛けたが、決着がつかずにいた。今回の大量の軍勢により、ついに三好康長は四月十九日に降伏した。

この戦の最中に、天下無双の名物といわれた「三日月」の茶壺が六つに割れてしまったのである。「代五千貫、一万貫」ともいわれ、足利義政まで将軍家に伝来した名物茶壺として知られ、「松島」と並び称される茶壺であった。そこで、その修理を利休が依頼されたのである。

ふつうの茶壺が裾に向かってすぼまるのに対して、「三日月」は下部が張った「下フクラ」の茶壺であった。茶壺だけでなく、「三日月」に保存されていたというだけで葉茶も評価された。「三日月」の名は、焼成時に底がゆがんでしまったのだろうか、まっすぐに置けずに少し傾くところから名づけられた。

――あらゆる名物を欲し、力づくでもわがものにしてきた武将は、信長だけではない。堺の町に現れた多くの武将たちもそうだった。だが、彼らと信長は決定的に違っていた。世間で名物だと知られているからこそ、名物を求める。そして、それをみな後生大事に抱え込んでいる。自分の目利きで名物を評価することができる者がどれほどいるだろうか。

利休は、「三日月」の修理をきっかけに信長の目利きの真贋、名物狩りの奥にある意味を知りたいと強く切望するようになった。

信長の茶頭になって、信長と話す機会を得た利休はそれとなく、しかし用心深く日ごろ感じている、そのことに触れてみた。

「名物などはじめからこの世に存在するわけではない。だれかが名物だといったとたん名物は生まれるのだ。そのだれかということが、重要なのだ」

茶を点てている利休の手元に目を注いで信長はいい切った。

「おまえは、なぜおれが数多くの名物の中から求める名物を選定できると思うか」

「上様ほどのお方なら茶の湯についても造詣が深いと思われます」

利休にはめずらしく世辞をいったというよりも、信長の次の言葉を引き出す接ぎ穂のつもりで口を開いた。

信長の傲岸な目が笑っていた。だが、その笑いは家臣たちには見せたことのない目をしていた。

「おれは茶の湯については素人だが、名物を択ぶことができる。それはなぜか。おれがだれよりも上に立つ人間だからだ。戦のことで指示を仰ぎに来れば、即座に命令してきた。それをやると、これをやめると、こういう影響を受ける。だから、すぐにやめろとか、徹底して攻めろとか即答できるし、命令してきたわけだ。政においても人の意見に左右されず、おのれの意思で決めることができる者が、すべてを決められるということだ。だから、おれは経験上、全部わかるのだ」

利休は黙って信長の言葉を聞いていた。

「利休よ、おれの戦は武力だけではないのだ。おれはほかの大名たちのように単に他国の領土を求めているわけではない。おれはおれがつくる新しい時代のために、あらゆる既成の価値を転倒させる戦いをしているのだ。名物も例外ではない。室町の世の名物をありがたがり、拝跪《はいき》していてはいくら幕府を武の力で倒したとしても、ほんとうに前の幕府を倒したことにはならないのだ」

「わたしたちの茶の湯は室町の時代に花開いたものです。恐れながら、茶の湯も破壊の対象となるのですか」

「そうだ。おれは茶の湯そのものには興味はない。だが、否定する一方で、おれは積極的に活用しようと考えたのだ。茶の湯には人と人との新しい交わりの仕方を示唆する何かがあるような気がする。いつぞやおまえが口にした一期に一度の参会の覚悟という考え方も、大いに気に入ったぞ。おれには茶の湯のことなどわからぬ。が、わかっていることが一つだけある。おまえの茶の湯は他の者とどこか違ったものがある。命がけの狂おしい茶の湯に見える。おれの戦と同じだ」

「茶の湯は、わたしの戦です。見える血は流しませんが。見えぬ血を流します」

利休は、はっきりといい切った。

「戦の前に喫する茶はまさにおまえがいうごとく一期に一度の参会の茶じゃ。鉄砲に撃たれ、矢に倒れてもう二度と飲めぬかもしれぬからな」

利休はどこか悲運のたたずまいを垣間見せるこの稀代の武将とも、今日がまさに一期に一度ということにならぬでもないと思うのだった。

「茶頭もまた、その覚悟で茶を点てております」

利休が点てた茶を信長は豪快に飲み干した。小気味のいい飲みっ振りだった。

その様子をみながら、腑に落ちた。信長は、信長以前のものをすべて打ち壊し、信長以降のものしか価値をもたないことを徹底させようとしているのだと。

「おまえはおもしろいやつだ。理想をもち、信念に生きよ。理想や信念を見失った者は、戦う前から敗者である。そのような者はすでに死んでいる。まあ、よい。きょうの話はここだけの話だ。忘れろ」

利休は信長の茶頭になって、自分に対する厳しさを他人にも要求する信長の徹底ぶりを幾度か垣間見た。それらの一つ一つが利休の胸に深く刻まれていた。

こんなことがあった。

「おまえはだれよりも茶の湯に秀でた者である。一つのことに秀でているとすれば、他のことにも凡人とは違った見方、やり方ができるであろう。余の障泥《あおり》をそちの趣向で指図してみよ」

安土城に上がり信長のもとに伺候《しこう》した折、いきなりいいつけられたのだ。

障泥とは馬の腹を蓋って泥はねを防ぐ馬具であるとともに矢などを防ぐ武具にもなる。

「武についてはわたしの立ち入る道ではございませんが、ご命令とあれば」

そういって、利休は頭を下げた。そう答えるしかなかった。この男に面と向かって逆らえる者などだれもいなかった。

利休はその場で紙を切って差し出した。

背筋に冷たいものが流れた。

信長はそれを手にして笑った。大いに気に入ったようであった。

数日を経て、利休のもとに信長の使いの者がやって来た。

先日、切った障泥の形紙がどこかに紛失してしまったので、もう一度切って差し出せとの命令であった。このときも、利休は即座に従った。

利休は後日知ることになった。これは信長が利休を試したのである。前につくった形紙を保存しておいて、再度利休に切らせたのであった。改めて差し出された形紙と前の形紙を見比べてみると、ぴったりと合った。

信長は利休という男の力量に満足した。もし違っていたら、以降の利休はただの茶坊主の扱いしか受けなかったであろう。否、命さえ危ぶまれたかもしれない。

それ以降、障泥の形は利休のつくった形に定められた。

信長という男はよくよく人を試すが好きな男である。利休に命じて黒漆の棗を十個つくらせたことがあった。

利休は盛阿弥に塗らせた棗を信長に差し出した。

「この中から上作のものを三個だけ選び出して見せろ」

と、信長。

利休は造作もなく三個を選び出した。信長はそれを奥に持って行かせ、利休にわからないように目印をつけさせ、残りの七個と混ぜ合わせて利休の前に並べ、いま一度選ぶように命じた。利休は前回の三個と同じ棗を再び選び出した。

「おまえは名物をつくり出すことができる人間になれ。おまえなら、それができる人間になるだろう。おまえは器用だからな。器用者とは、他人の思惑の逆のことをする者のことだ。いつの世も、変わり者が世の中を変える」

利休は、もしこの男の天下が長くつづいたら、やがて自分と刺し違えるようになるのではないかと、戦慄した。

第五章　傲慢な地球儀

信長が織田家の当主として名物狩りで茶道具を召し上げたのは、「松本茶碗」が最後であった。松本茶碗は珠光の弟子であった松本珠報が所持していた唐物の青磁茶碗である。周防国（山口県）の大内義隆を経て、珠光門下の藤田宗理、安宅冬康、天王子屋宗柏、住吉屋宗無とめぐり、宗久の手に落ち、信長がその茶碗を望んだのであった。

この年の十二月二十八日、信長は大きな転機となる行動に出た。嫡男信忠に家督を譲ってしまったのである。信長四十二歳のときだった。

「人、城を頼らば、城、人を捨てん」

信長は信忠にそういった。

「この意味がわからなければ、城主などやめてしまえ」

金、銀、星切の太刀、「三国の重宝」など名物を与えただけでなく、岐阜城、尾張、美濃国を譲ってしまった真意はどこにあったのか。信忠は、そのこと自体も理解できなかったが、信長の言葉の真意も理解できなかった。

親子、兄弟といえども対立し、寝首をかきあう時代である。岐阜城を譲与したのは息子の器量を試すためか、息子は絶対に自分に弓を引くことはないという自信を示す内外の武将に対する挑発か、信長は自分の行動について説明する男ではなかった。

その不得要領さは、信忠だけでなく、家臣たちも信長が新たな城、安土城築城にこめた思いとともに最後まで解消されることはなかった。それは信長の孤独であり、信長の悲劇のはじまり、帰結だったといってもよかった。

信長は居城を息子に与えてしまって裸身《はだかみ》になっても、まだ茶道具は譲与していなかった。そして、自らは佐久間一益の私宅へ移った。

そして、天正四年（一五七六）、信長は新たな居城を造りはじめた。安土城である。

天下布武の仕上げに向けた行動の起点として、琵琶湖を眼下に見下ろす安土山の地を択んだ。京でもなく、大坂でもなくこの地を択んだのは、信長の独自性、独創性ゆえであった。

信長は築城の差配を丹羽長秀に命じ、一月に着工し、四月には石垣ができ、翌五年八月に立柱が建ち、竣工は天正七年（一五七九）五月であった。

信長の戦はこの間もつづいていた。領土の拡大ではなく、体制の変革という戦が。かつてこうした戦に起ち、徹底して持続した武将はいなかった。信長自身もおのれがどこに向かっているのか、旗印は掲げても明白に説明することができなかった。

現実を深く掘り起こし、引っくり返して、砕いて、並び替えたり、積み直したりして新しい形を創ろうとしているのだから、どんな形が生み出されてくるか、わかれというほうが無理であった。あたかも釉薬を塗った焼き物がどんな色合いに焼き上がっているか予測はできても、釜から取り出してみなければ実際のところはわからないのと同様であった。

官位官職への対応も、信長の行動の不可解さの一つだった。天正三年五月、長篠の戦いで勝利した後、官職昇任を辞退したが、同年八月、越前一向一揆を殲滅した後は権大納言・右大将の任官を受諾している。天正四年十一月、対本願寺戦のあと内大臣に昇任した。

ところが、天正六年（一五七八）四月、対本願寺「征伐の功いまだ終わらず」と右大臣・右大将の両官を辞任してしまった。

この間も、安土城造営は、着々と進んでいた。

従来の常識をあざ笑うように破天荒な決断をし、先駆けをし、後につづく者のことなど考慮せずに逆境をはね返してきた信長は、あるとき麾下《きか》の声に耳を澄ましてみると、何も聞こえてこなかった。聞こえてきたものは自分の期待したものではなかった。

戦の場以外のところで見せる信長の行為は、ほとんどが政治的行為であった。軍事的行為と政治的行為が一体化しているときは、部下に迷いも不安もない。軍事的行為と政治的行為が迂回しながら一つになっていく過程では、部下たちはそれぞれの器量と能力でその乖離を、意味するものを判断しようとする。

相手を威圧し、畏怖させる目で家臣たちをにらみつけてきた信長は、家臣たちと同じ方向から物事を見てみると、眼前に見えたものは、信長が捨てたものへの女々しい執着だけであった。

信長は家臣の先祖代々の領主権を認めなかった。武将たちが何より望む本領安堵を否定したのである。

武将たちはただ、信長によって領主権を預けられるだけであった。そして、兵農を分離した。常に戦うことに専念できる戦うための部隊をつくるためだ。

　働き具合を冷徹に査定し、所領は信長の命令一つで替えられた。働きの悪い家臣はたとえ古参でも容赦なく追放される。

「人を用いる者は、能否を択ぶべし、なんぞ新故を論ぜん」と、徹底した能力主義を実践した。激流を下るような中央集権型の主従制度へと改革が図られ、出自の低い秀吉や、流浪の光秀といった新興勢力が実績を評価され、織田軍団を主導するようになった。

　信長の急進的改革は、家臣のあいだにひとたび出世競争で劣勢に立たされた者たちに過度な不安と動揺を与えることとなった。その焦燥感から叛旗を翻す武将が出現したのも不可避の出来事となった。競争に負けた者は、自らの存在理由さえ失うことになると考えたからだ。

　桶狭間の戦いのときとは、信長を取り巻く様相は変わっていた。かつて信長は先頭を先駆けした。部下たちは遅れまいと先を争って信長に従った。いまは陣幕に旗指を従えて全軍に指示を出すことも増えてきた。

　自らが官位の昇進を受諾し、部下たちに称号を与えたのも同様のことだった。部下たちが信長を等しく理解できるところまで下りてきて、理解できるように旗指を従えた政治的行為を為したのだ。

　しかし、信長は官位を辞官してしまう。ここには、官位の昇進を受けることも辞退することもおのれの意のままである、自分が本気で欲しいものは与えられるものではなく、必ず自分の力で手に入れるという婉曲的な意思表示があった。

そうした信長しか持ちえぬ信長的思考は、安土における摠見寺《そうけんじ》建立に明らかになる。

このころの信長をまったくの見当違いの解釈も含めて、存外実像に近く見据えていたのはオルガンティーノ、ルイス・フロイス、ヴァリニャーノといった異国の地から日本にやって来た宣教師や巡察師たちではなかっただろうか。

フロイスは、信長が安土山に「ヨーロッパの城よりも遥かに気品がある」、「実に見事で不思議なほど清潔な城と宮殿を造営した」と書き記した。

安土城のいちばん目立つ景観は、高石垣の上にそびえたつ天守である。屋根を飾る瓦は金箔瓦が用いられた。一層は土蔵、二層に対面座敷、襖絵は狩野永徳筆による鷲鳥、羽と、雉、儒者などが描かれていた。さらに付書院のある十二畳の部屋の襖には「煙寺晩鐘」の絵が置かれ、「盆山」が置かれていた。三層目の座敷には花鳥、賢人、船員、西王母などが描かれた絵、四層目の襖には岩、竜虎、竹、桐、鳳凰などが描かれ。六層は八角四面で、外側の柱は朱塗り、内柱は金で塗られ、壁には釈迦十大弟子が描かれた。

最上階の七層目の広さは三間（約六メートル）四方、柱には龍、天井には天人、四方は金箔が張られた。襖には三皇五帝、孔門十哲などが描かれていた。

見る者を驚嘆させずにはおかない安土城は、城の内外を結ぶ大手道、百々橋口道《とどはしぐち》、搦手道と道沿いの郭軍などどれもが、圧倒的に迫ってくる。とりわけ大手道は幅約七メートル、直線で一八十メートルほど伸びている。

城内道は、それまでの築城では道を折り曲げ迂回させ、敵の侵入を遅らせることを意図して創られるものだが、ここではその常識が覆されている。

大手道の起点となる大手口のほかに、東に一つ、西に二つ合わせて四つの虎口（城の入り口）が一直線に並んでいる。複数の虎口を直線上に並べた構造も、従来の城づくりの常識を逸脱していた。戦うための城というより、見せるため、誇示するための城であった。

天守付近には天皇の行幸あるいは常駐を念頭に置いた禁裏清涼殿風の建物が造られ、中腹には大名屋敷が、山下には武士や町人、職人らが集住する城下町の建設にも着手した。城下町は、安土山の南西に南北に細長く伸びる台地の上に築かれた。

さらに、ここには信長が特別に意図したものが二つ造られた。一つは、キリシタンの修道院である。司祭オルガンティーノが「我らのような外来者に彼（信長）が地所を付与するもとはあり得ない」と、悲観的な思いで願い出ると、むしろ信長は「申し出があったことを喜び」自ら土地を選定して与え、修道院の建設を許可した。さらに建設途上を見まわり「こうした出来栄えを収めているのを見て無上の喜び」と、鷹を用いて自ら獲った鳥をオルガンティーノに贈った。

そして、もう一つが、摠見寺建立である。城郭内に七堂伽藍を備えた寺院を建立した城は後にも先にもなかった。それまで一貫して信長に対して好意的だったフロイスは、信長に対する評価を一変させた。最初から「日本の偶像である神と仏に対する祭式と信心をいっさい無視した」男として信長を特別な目でみていたフロイスだったが、「自らに優る宇宙の主たる造物主は存在しない」し、自分以外に「礼拝に価する者はだれもない」という言葉が現実のものとなったことに驚きそして怒った。

信長は「悪魔的高慢さ」から、「毒々しい野望的意志を書いて掲げた」と、それを毒々しく翻訳して書き記した。

「第一に、富者にして当所に礼拝に来るならば、いよいよその富を増し、貧しき者、身分低き者、賤しき者が当初に礼拝に来るならば、当寺院に詣でた功徳によって、同じく富裕の身となるであろう。しこうして子孫を増やすための子女なり相続者を有せぬ者は、ただちに子孫と長寿に恵まれ、大いなる平和と繁栄を得るであろう。

第二に、八十歳まで長生きし、疾病はたちまち癒え、その希望はかなえられ、健康と平和を得るであろう。

第三に、予が誕生日を聖日とし、当寺へ参詣することを命ずる。

第四に、以上のすべてを信ずる者には、確実に疑いなく、約束されたことが必ず実現するであろう。しこうしてこれらのことを信ぜぬ邪悪の徒は、現世においても来世においても滅亡するに至るであろう。

ゆえに万人は、大いなる崇拝と尊敬をつねづねこれに捧げることが必要である。」

フロイスはさらにこう書き加えた。

「神々の社には、通常、日本では神体と称する石がある。それは神像の心と実体を意味するが、安土にはそれがなく、信長は、予自らが神体である、と言っていた。しかし矛盾しないように、すなわち彼への礼拝が他の偶像へのそれに劣ることがないように、ある人物が、それにふさわしい盆山と称せられる一個の石を持参した際、彼は寺院の一番高所、すべての仏の上に、一種の安置所、ないし窓のない仏龕《ぶつがん》を作り、そこにその石を収納するように命じた」

こうした信長の一連の行為は、宣教師たちの理解を超え、家臣たちだけでなく日本人の理解の届かないものであった。

オルガンティーノやフロイスたちは、実は信長がひそかに発信していた一つのことに気づいていなかったのである。

信長は、彼らに神学校《せみなりお》を建設することも許した。この神学校は「信長の宮殿を除いては、安土においてもっとも美しく気品のある邸の一つとして完成した」ので、彼らを大いに満足させた。

ところが「階下には外部の人を宿泊させるために、はなはだ高価で見事に造られた茶の湯の場所を備え、きわめて便利で、清潔な良質の木材を使用した座敷が造られた」のだが、そこに「茶の湯の場所」が造られた意味に気づかなかったし、深く考えてみようともしなかったのだ。

あるとき、信長はかねてから抱いていた疑問を質そうと、オルガンティーノ師とロレンソ修道士を呼びだした。彼らが信長の前に伺候すると、多くの武将が居並んでいるだけでなく、外にいる者も聞けるように広間の戸が開いていた。

信長は以前議論した「地球は丸い」ということについて、再び地球儀を持ってこさせて質問し、反論し、司祭と修道士が皆の前でこたえたことに満足の意を表した。

「おまえたち伴天連の知識と仏僧らの知識とは大いに異なっているということだな。おまえたちの説くゼウスや霊魂の存在については大いに疑問を持っておる。禅僧たちも表面で死後の世界と救済を説き、そのように見せかけ、祭壇に偶像を祀り、死者のために葬儀を営むが、外見的な形式や儀式は単に民を操り、国が滅びることがないためのものであって、生まれ死んで行く人間に残るものは何もなく、ひとたび息をひきとればすべては失われ、死後の生命とか来世などはあり得ないと、おれは思っている。ただ、霊魂だとか死後のことだとかを説明する言葉の理《ことわり》についてはおまえたちの言のほうに得心がいく」

そういって、信長は豪快に笑った。

「おれは眼に見えることしか信じないし、自分が見たものしか信じない。おまえたちが日本に来るのに、どのような旅をしたかを地球儀によって説明してもらったことに、おれは手を叩いて感心もしたし、驚きもした。かくも不安全で危険に満ちた旅をあえてするからには、おまえたちは偉大な勇気と強固なこころの持ち主に相違ない。それだけではない。おまえらはかくも危険を冒し、遠く長い海を渡ってきたからには、その説くことは重大に違いない」

信長は「偉大な勇気と強固なこころの持ち主」という言葉にことさら力を込めたが、それは司祭たちにというより、居並ぶ家臣たちに、広間の戸の向こうで聞いている者たちへ話しかけているようであった。

そして、司祭たちには、危険を冒し、遠く長い海を渡ってきた偉大な勇気と強固な心がもたらしたものがこの異国の地で出会っているのは、実は日本の文化であることに気づかぬかといっていたのだ。

それが、「茶の湯の場所」をつくった意味だった。坊主どもはオルガンティーノたちに対抗できない。日本の知識は地球儀を生み出していない。海を渡って異国から来た日本の民の心盗人《こころぬすっと》たちと対峙して揺るがないのは、茶の湯に代表される日本の文化ではないか。茶の湯とはそうあるべきではないのか。信長はそんなふうに考えていた。

仏教同様に、キリシタンたちの説く宗論など、どうでもいいのだ。彼ら生命の危険も顧みず、未踏の地に駆り立てたもの、それこそ連綿とつづいてきた彼ら西洋の文化（野蛮さも含めて）創造の所産ではないのか。茶の湯もまた一つの新たな文化の創造でなければならぬ。その互いの文化の交感・交換こそ、信長がめざすものであった。

フロイスにも、オルガンティーノにもそのことはついぞ理解されなかった。信長の家臣たちも、だれひとり「厳しいそして深い文化の創造」という意味を理解しえなかったのである。利休一人を除いて。

天正四年（一五七六）ごろから、信長の名物の召し上げ、披露、家臣への下賜という流れが頻繁になっていった。まず安土城普請の進捗状況に満足した信長は、丹羽長秀に「珠光茶碗」を下賜した。珠光茶碗は利休も所持していた。信長は長秀に与えた茶碗は、堺の商人赤津屋宗察がもっていたが、天正二年に進上されたものであった。

戦は、信長軍による本願寺の包囲戦がつづいていた。食料の欠乏に苦しんでいた法王顕如光佐は毛利輝元に援軍と兵糧の供給を依頼した。輝元は本願寺の要請に応える一方で、毛利水軍の陣容をととのえ、岩屋は本願寺を支援する雑賀の鈴木孫一らの軍勢で固め、七月に信長の水軍と木津川口において戦闘におよんだ。

織田水軍は志摩・熊野の九鬼水軍を中心とする三百余艘で迎え撃ったが、海戦に巧みな毛利水軍は焙烙火矢《ほうろくびや》（火薬を銅の陽気に詰めた手投げ弾）によって、織田水軍を打ち破った。第一次木津川口の戦である。

これよりひと月ほど前、津田宗及は大坂天王寺で茶会を催し、信長を招いた。掛物は丸く扇子形に切り抜かれた南宋の画家馬麟筆の「夕陽の絵」、点前座には台子に天王寺屋伝来の平釜、桶水指、合子、柄杓立が組み合わされていた。茶入は「天王寺屋文琳」。料理は本膳以下五の膳までと十一種の菓子が出された。

そして、七月一日には、柴田勝家に古天命の釜を、羽柴秀吉には牧谿筆の「洞庭秋月」の絵を下賜した。勝家に与えた釜は、老女の歯が抜け落ちて口がしぼみ、頬が盛り上がった状態をしているところから「姥口《うばくち》釜」呼びならしていた。

このとき、信長は「馴れ馴れてあかぬなじみの中の姥口を　人にすはせんことをしぞ思ふ」の狂歌を添えて下賜した。こんな洒落気も信長の一面だった。

秀吉に下賜された「洞庭秋月」は東山御物で、釜よりも格上のものであった。こうした微妙な差は、そのまま信長の勝家と秀吉の評価や好感度から生まれたものであった。さらに丹羽長秀も八景画の名物のうち「山市晴嵐」の絵を下賜された。

天正五年（一五七七）二月、信長は紀伊の雑賀衆五組のうち雑賀庄、十か郷の雑賀衆を攻撃した。雑賀衆は一千挺単位の鉄砲を保持し、多くが本願寺門徒であったためその抵抗はしつこく頑強だった。二月十六日には和泉香庄に畿内、尾張、美濃、越前など十万余の兵力をもって着陣した。軍勢を山手と海岸線の二手に分けて攻め込み、三月十五日になって降伏に追いこんだ。

間髪を入れず本願寺と連携する雑賀を攻め、帰陣した信長は、堺の豪商天王寺屋了雲が所持する「貨狄船」の花入、「雲龍釜」、本願寺の寺侍下間駿河頼次から「二銘茶杓」を召し上げている。またほぼ召し上げ同然の形で今井宗久から「開山蓋置」を進上させた。

「貨狄船」の貨狄とは、中国古代の皇帝「黄帝」の臣で、はじめて船をつくったといわれる伝説上の人物の名にちなんだ釣船花入の逸品である。「雲龍釜」は筒形の茶の湯釜で、胴に雲と龍の地紋があるものをいう。「開山蓋置」は五徳形の蓋置である。

雑賀攻めは、信長が直接指揮する最後の戦となった。

この年の八月に入ると、信長の命に従い天王寺で本願寺を包囲していた松永久秀・久道父子が突如陣払いをして、居城の大和信貴山城に立てこもった。上杉謙信の上洛に呼応せんとしたためであった。だが、松永父子の目論みはもろくも崩れた。謙信は上洛しなかったからだ。

松永父子は孤立した。これまで何度も信長に屈服と離反をくり返してきたが、十月十日にはさしもの松永久秀も織田信忠らに攻撃され自刃した。松永久秀は信長から満座のなかで「この男はだれもしなかった三つの大罪を犯した。主家を滅ぼし、将軍義輝を殺し、南都東大寺大仏殿を焼いた」とからかわれた下剋上の乱世を生きた、典型的な武将であった。

だが、松永久秀は茶の湯を愛する数寄者でもあった。永禄六年（一五六三）正月の多聞山城の六畳敷の茶会では、「作物茄子」「松本天目」「数台（七の内）」、を床に飾り、台子には「餌畚《えふご》水指」足利義満旧蔵の「柄杓立」「天下一合子」「霰《あられ》平釜」を組み合わせた。休憩をはさんで玉礀筆の「煙寺晩鐘」の絵をかけ。「高中茶碗」「朱徳作象牙茶杓」などを使用した。

永禄八年（一五六三）には利休らを招いて、名水として知られる「宇治川三之間」の水を使って茶会を催した。宇治川三之間とは、宇治川に架かる宇治橋の張り出しのことである。宇治川は琵琶湖から流れ出る唯一の河川で、宇治橋の下は竜宮城につながっているという言い伝えがある。

その松永久秀が、自らの命とともに爆砕してしまったのが、「平蜘蛛釜」と呼ばれる平形の名物釜だった。胴に蜘蛛の地紋があり、火にかけると蜘蛛が動き回るように見えたという名物である。信長の平蜘蛛釜との交換条件による助命をきっぱりと拒絶、釜に爆薬を詰め爆発させ、天守もろとも滅んだのである。平蜘蛛釜を信長に渡さなかったことだけが、松永久秀の最後のそして最大の矜持となった。

この年の十二月、信長は嫡男信忠に家督譲渡につづいて「初花」茶入、「松花」葉茶壺、「青磁竹の子花入」、「平沙落雁」の絵、「藤波の釜」と鎖、「道三茶碗」「内赤盆」珠光門下の大名茶人古市播磨旧蔵の「火箸」、武野紹鷗旧蔵の「瓢箪炭入」、「周（珠）徳茶杓」などを譲った。

信忠は翌天正六年、さっそく道具披きの茶会を安土の万見仙千代屋敷で行った。客は武井夕庵、松井友閑、滝沢一益、長谷川与次、林秀貞、羽柴秀吉、丹羽長秀、市橋長利、長谷川宗仁の九人だった。さらに信忠は、妙覚寺において、佐久間信盛・信栄父子から進上された「信楽鬼桶水指」「霰釜」披きの茶会を催した。

そして、これまで主に信長が行っていた茶道具の召し上げ、進上を信忠が行うようになった。

この時期、信長は本願寺攻めに余念がなかった。六月に、九鬼嘉隆に命じ大砲三門を搭載した六艘の大船を造らせていた。この新造大船を石山本願寺に味方する村上水軍との戦い（第二次木津川口の戦）に投入し、本願寺への糧道を断ち勝利した。

堺に到着した信長は、津田宗及を訪れた。信長に従ったのは近衛前久、松井友閑、佐久間信盛、滝川左近らであった。床には牧谿筆の「船子の絵」、前には蕪無の花入が置かれ柴菊が入れられていた。釜、数の台には灰被天目《はいかつぎ》、宗及は善好茶碗を茶筅入に使って茶を点てた。菓子は九種。

信長は今井宗久宅も訪れた。供は細川藤孝（幽斎）、佐久間甚九郎、筒井順慶、山岡景佐、三好康長、千利休、津田宗及、山上宗二であった。書院で料理が振る舞われたあと、茶になった。床には紹鷗旧蔵の「波絵」、前に薄色牡丹を生けた「ぞろり」の花入。

点前座は台子の上に文琳と灰被天目が数の台にのせられていた。林徹井釜に手桶水指、開山蓋置などが使われた。薄茶に「シノ茶碗」と黒棗が使われた。

永禄十一年（一五六八）の上洛から十年ほどが経過していた。堺の町も、利休もその分だけ信長とのかかわりが濃くなっていた。

「利休、おまえはいかなる世になろうとも、茶の湯をつづけよ」

そんなことをいわれたことがあった。

そのときの信長の目はかつて見たことのない慈愛に満ちていたが、底知れぬ悲哀をたたえていた。

「おれはおまえたち堺の商人をよく観察してきた。商人にして茶人という実に奇妙な存在だな、おまえたちは。おれたちはどこまでいっても武士でしかない。たとえ貴族の衣装をまとっても、性根まで変わることはない。変わってしまった者はみな滅びていった」

「わたしは商人である前に、茶人でありたいと思っています」

「だから、いっておるのだ。おれはおまえを宗久や宗及に次いで三番目の男として扱ってきた。なぜだかわかるか」

利休には返答のしようがなかった。

「宗久は商売のために茶の湯を利用したが、おまえは茶の湯のために商売を利用し、おれに近づいてきた。宗及はおまえたちふたりのあいだにいる。どちらも器用にこなす抜け目のないやつだ。宗久は頭の切れのいいやつだが、商売の利に対する思いが勝ちすぎる。その分茶の湯には心がない。資力財力また茶の湯においても、いちばん御しやすいのは宗及よ。それだけ重用もしてやっておるのだが。ともかくおれもおまえたちをときは商人として、時には茶人として使い分けてきた。おれに必要なのはまず堺の財力だ。宗久や宗及に比べれば、おまえの財力は取るに足らない。ゆえにおまえの扱いは軽くならざるを得ない」

「商いの野心はさほど強いものではありません」

「それよ。おまえが茶の湯でしてきたことは、まだまだおれが成し遂げてきたことにはるかにおよばない。どんなことでも恃《たの》むところのある者は、恃むもののために自滅する。おれはそうした武将をたくさん見てきた。おまえは才に恃みながら、才におぼれることがない男だと見た。だから、茶の湯をつづけよ」

ひょっとして、この稀代の武将は人一倍さびしがり屋なのかもしれないと、利休は感じた。子にも部下にも話せない。真の話し相手がいない。放った言葉が宙を迷い行き場を無くしている感触を何度も味わってきたにちがいない。このときなぜか利休は信長の生はそれほど長く残されていないのではないかと思った。

そう思うと、荒木村重の謀反そして佐久間父子の追放と、身内の結束が瓦解していく現実に直面した信長の深い憤りと悲哀が理解できるような気がした。

茶の湯が大きく世の中を動かした。

利休にとってそう考えることが、混迷の時代にもっとも説得力をもつ指針となった。

第六章　幻城炎上

なにゆえ荒木村重は信長から離反したのか？

利休はいろいろ忖度《そんたく》する立場でもなかった。ただし、離反後の村重の生き様を見ていると、茶の湯にさえかかわらなかったら、信長と村重の関係もまたちがったものになったのではないかと、思えてならなかった。

天正五年（一五七七）十二月六日、村重は利休と宗及を招き、口切の茶会を開いた。村重は茶の湯に堪能な男だった。また、目利きにも作意にも巧みな男だった。村重は元亀二年（一五七一）には、宗及の茶会に池田勝正、三好三人衆の一人岩成友通と参席している。

この日の口切の茶会では、利休が「小豆鎖」を持参したので、村重は鎖で炉に平釜を釣った。床には「寅申葉茶壺」と「兵庫壺」の二つが飾られた。「寅申葉茶壺」は村重が大坂天王寺の市で見いだしたものであった。市が寅と申の日に立つことにちなんで名づけられた六斤入りの壺だった。「兵庫壺」は信長の次男信雄に譲られた。

村重はその二個の葉茶壺を一度に並べたのだ。それまで葉茶壺そのものが茶会に飾られたことはなかったのだから、村重の新しい作意だった。信長もこれを気に入って、自分の茶会で踏襲し二個の葉茶壺を並べることを規格化した。

そして、建盞を「尼崎台」と呼ばれる天目台にのせ、「遠浦帰帆」の絵が掛けられた。利休には忘れられない茶会のひとつだった。

信長軍に居城である有岡城を包囲された村重は、最後まで抵抗することなく密かに城を脱出し尼崎城に移った。有岡城は二カ月間持ち堪えたが、ついに開城し尼崎城も降伏した。村重は降伏直前に逃亡していた。残された家臣とその妻子百二十二名が捕縛され磔にされ、足軽とその家族ら五百余名は焼き殺された。村重一族三十七人は京都に送られ、六条河原で斬首された。味方勢を皆殺しにした信長を、利休は理解できなかった。また、逃亡、落城のあと、家族や家臣たちを見殺しにしても茶道具だけは手放さなかった村重の心情を思った。

これが、戦国の茶なのか。茶の湯とはかくも酷薄なものなのか。利休は、この問いから避けてはならないと思った。

その後の村重は毛利方に逃れ、剃髪して荒木道薫と名乗って秀吉に仕え、天正十四年（一五八六）まで、つまり、信長より長く生きながらえた。

天正八年（一五八〇）に入って、信長は本願寺殲滅の道よりも和睦へと動いた。三月に至り朝廷に働きかけ、本願寺は石山と花隅、尼崎の三城を明け渡す、そのかわり加賀の江沼、能美の勢力圏の二郡は安堵するという条件を示した。近衛前久、勧修寺晴豊、庭田重保が勅使として派遣され、閏三月五日に本願寺と信長との和睦が成立した。

だが、信長は一揆方撲滅の戦を中止することもなく、柴田勝家が加賀野々市を攻め、加賀における一揆の拠点金沢御堂を殲滅させた。

四月、本願寺の顕如光佐は石山を退き、紀州鷺森に退去した。信長も諸将への停戦を命じるものの、顕如の子教如は徹底抗戦を叫び、なお本願寺に籠城し信長に対抗した。八月にはその教如も本願寺を退城し、一揆の拠点は信長に屈したのであった。退城の際、本願寺は三日三晩燃え続けた。本願寺の消失は、和睦条件に反したとみなされ、加賀二郡安堵も反故にされた。

この本願寺攻めの四年間、茶の湯にふけり徹底した戦闘を仕掛けなかったという理由から腹心中の腹心であった佐久間信盛・甚九郎信栄父子は追放処分となった。

天正七年には丹羽長秀に下賜した「珠光茶碗」を召し上げ、かわりに長光《おさみつ》の刀を下賜した。長秀にとっては名誉なことだったのか、不名誉だったのか複雑な思いをしただろう。いったん下賜したものを、召し上げるということは信長の権勢をさらに高めたことはまちがいない事実だった。

天正九年（一五八一）も押し迫った十二月二十六日、対毛利戦の報告のために安土に赴いた秀吉に信長は茶道具を下賜した。雀絵（馬麟）、砧花入、尼崎台、高麗茶碗、竹茶杓珠徳、天目大覚寺、火箸鉄羽、肩衝朝倉などを与えられたのである。

そして、天正十年（一五八二）を迎えた。元旦には、年頭の礼のために安土へ出仕した大勢の者たちのために、搦め手の百々橋道から摠見寺に至る通路は押し合いへし合いになり、築垣《ついがき》を踏みつぶして死者が出たほどのにぎわいであった。一門衆、他国衆、在安土衆の順に礼銭百文を払って摠見寺から表門、三の門、殿主に至り、御幸の間、江雲寺御殿を回った。信長は自ら案内を買って出て、厩の口では礼銭十疋を徴収した。

利休、今井宗久、津田宗及、山上宗二、今井宗薫ら堺衆も年賀に訪れた。利休らも鳥目十疋を厩の口にいた信長に渡し、「御幸の間」を見学した。

正月十五日には安土で左義長が行われた。爆竹とともに諸大名、一門衆が行進し、信長も京染の小袖に頭巾、少し丈長の四角笠、腰蓑は白熊、轡は猩々緋というひときわ目を引く衣装であった。左義長は辰の刻（午前八時ごろ）から未の刻（午後二時ごろ）までの長時間であった。

三月十一日、武田勝頼自刃。享年三十六。父信玄と常に武将として、一門を束ねる頭領としての器量を較量されつづけた悲運の武将であった。

勝頼の辞世の句は

おぼろなる月もほのかに雲かすみ　晴れて行くへの西の山のは

信玄以来、信長と対立してきた甲斐武田家はここに滅亡した。

五月四日、正親町天皇の勅使として勧修寺晴豊が安土に下向。武田勝頼を滅し、関東を鎮定して安土に凱旋した信長への戦勝祝賀とともに「三職推任」のためであった。信長を三職、つまり「太政大臣・関白・征夷代将軍」のいずれかに任官させる旨の朝議の決定を伝えに来たのだ。これに対して、信長は明確な返答を与えなかった。

信長は朝廷を悩ますもう一つの問題をもっていた。暦作成への関与である。暦は朝廷が作製する京暦を基本に各所に地方暦が存在していた。天正十年は京都の官暦と関東暦において閏月に関する違いが生じていた。信長は京暦が天正十一年の正月を閏月に置くのに対して、関東暦と同じように十二月に置くように申し入れていた。

朝廷、公卿社会、京の知識人たちは朝廷の専権に対する介入という危機感を抱いた。信長は秩序を生み出そうとする枠組みを破砕してどこまでも進む、危険な怪物へと変貌してしまったと多くの者が考えたのだ。

五月二十八日深更、信長は毛利攻めをしている秀吉に援軍を差し向けるため安土城を近臣、小姓、女中など数十名を引き連れて出発し、二十九日京都本能寺に到着した。

本能寺は東は西洞院通り、西は油小路、北は六角、南は四条坊門通りの一角周囲四町（約四百三十六メートル）の広さだった。西洞院通りに面して表門、その正面に本堂、庫裏、その奥に客殿があった。信長は京都所司代の村井貞勝に命じて本能寺の増築、整備を行っていた。周囲には堀が穿たれ一応の防禦機能は備えていた。

六月一日、この日は昼まで激しい雨が降り、夕方には小雨になり、夜になってやんだ。雨のおさまりかけた夕刻にかけて近衛前久をはじめ公家五摂家七人、飛鳥井雅教、勧修寺晴豊ら大納言七人、庭田重道、正親町季秀ら参議・中納言七人が本能寺の信長のもとに伺候した。さらに、菊亭晴季、万里小路充房、山科言経ら十九人が参候するなど、その数は上層公家の大部分におよんだ。

彼らの話は「三職推任」問題と暦作成におよんだ。信長はこのとき、全員の進物を受け取らずに返した。安土より警護の兵を率いて妙覚寺に宿泊していた長男の信忠が公家たちの帰った後、京都所司代とともに来訪し、話し込んで帰って行った。

夜になると、本因坊日海（初代本因坊算砂）らと対局をはじめた。信長は囲碁のたしなみもあった。そのうち三劫ができ、これができると縁起が悪いということで、日海らも碁をやめて帰って行った。

博多の豪商島井宗室と神屋宗湛が来訪した。宗室は信長に「楢柴肩衝」を進上するために来訪を約束していたのだ。「楢柴肩衝」は、「新田肩衝」「初花肩衝」とともに天下の三肩衝として知られていた。信長も本能寺に秘蔵の茶器三十八種を持ち込んでいた。

このときの信長軍の布置は、まるで謎かけをするかのようであった。柴田勝家は上杉勢と戦って北国から動けなかった。滝川一益は甲州平定の後まだ関東に残っている。秀吉は備中の高松城に釘づけになり、徳川家康は少人数の旅の途上で、領国の将兵から離れている。

いま、京畿にある最大の兵力は、丹波亀山城に結集した光秀の一万五千の軍勢である。配下の高山右近はもとより、細川藤孝は光秀の婿、筒井順慶とも親しい。都周囲は、光秀の思いのままに蹂躙することができる。

主だった武将は京畿にだれもいない。まさに千載一遇の好機である。

光秀は動いた。老ノ坂を越え、京に入り、桂川を渡り、嵯峨天龍寺に本営を構え、信長のいる本能寺を包囲した。圧倒的な兵力差によって謀反は成功した。だが、その謀反は何らの新しさも創造性もないものだった。明らかに過去への逆走であった。信長のもとで戦ってきた男の時代を読み違えた無残な勝利だった。

その時代遅れの謀反の滑稽さは、本能寺の焼け跡をいくら探しても信長の遺体がわからず、フロイスにいわせれば「遺体はおろか、毛髪、骨すら発見できなかった」手ぬるさが象徴していた。

光秀は大きな誤算をした。信長を討てば喝采してくれるはずの人たちが、みな冷静だった。自分の行動に賛同し、戦列に加わってくれるはずだと思い込んだ細川藤孝をはじめとする大名たちは現れなかった。京の寺院も動かなかった。

——戦はもう十分ではないのか。下剋上の世は終わりにしなければならない。この日本に秩序を取り戻すのだ。信長さまがめざすものは、これまで培ってきたよき日本の伝統文化の否定につながっていくことになる。そこに現出する国は、もはや良識ある人々には容認できない国になっているだろう。それを止められるのは自分だけだ。否、その任は自分でなければならない。おそらくおれの行動に異を唱えるとすれば、信長軍の者でしかありえないだろう。毛利か、島津か、北条か、いや、いやとても彼らが攻め上ってくるとは考えられぬ。

おれに立ち向かってくるのは、きっと秀吉だ。おれがどのように立ち振る舞おうとも、秀吉とは戦わなければなるまい。主君の死を知らされて、きっと毛利に対峙した軍を引き返してくるはずだ。数では確かに秀吉のほうが多いが、戦となればこちらに勝算がある。皮肉なことに戦のやり方は信長さまから学んできた。秀吉もそうだ、おれ以上に主君から多くを学んできた。だから、二人が雌雄を決してこそ、真に信長さまの後継者を名乗る資格を得ることができる。今なら、世間も自分に与みしてくれるに違いない。

そんなふうに考えた光秀の読みは、大きくはずれてしまったのだ。

現実には頼みとする大名たちは光秀に近づかなかったし、想定したよりも早く秀吉が毛利との戦から引き返して来てしまった。時代は光秀が考えていた以上に大きく展開していたのだ。どのようなことが起ころうとも、過去には戻れないということを、聡明な光秀は読み切れなかった。

明智軍の襲撃で宿泊していた島井宗室と神屋宗湛は、博多から持参した「楢柴肩衝」をもって本能寺を逃げ出した。それだけでなく宗湛は牧谿筆の「遠浦帰帆」を、宗室は「弘法大師真蹟千字文」を持ち出した。

「千字文」とは、六世紀の中国南朝でつくられた文字どおり千字の日常漢字からなるいわば「漢字の教科書」である。「天地玄黄《あめつちはくろくきいろく》」から始まっている。「夫唱婦随」といった語句は「千字文」のなかにある。

信長は六月二日に茶会を予定していた。宗久と宗及は堺で家康をもてなしていたので、利休が呼ばれた。本能寺に着く直前に変事を知ったのであった。

あの光秀どのが……、あとは言葉にならなかった。利休は、信長が持ち込んだ名物のことを思った。唐絵は、趙昌菓子絵、玉磵古木・小玉玉磵牧谿「くはい絵」「ぬれ烏」、花入は、貨狄・蕪無・青磁筒、釜は、宗達平釜、藤波釜、宮王釜・田口釜、茶入は、作物茄子・勢高肩衝。円座肩衝・珠光小茄子・万歳大海、水指は、切桶・帰花・〆切、茶碗は、松本茶碗・宗無茶碗・珠光茶碗・紹得高麗茶碗、そのほか天目、茶杓、火箸、蓋置、建水など三十八種である。

みな信長とともに火中に消えてしまったのだ。一世を風靡した名物の時代の死であった。

明智軍は、妙覚寺、二条御所に織田信忠を攻めた。市中に宿泊していた信長の馬廻りの一千騎も信忠側に加わったが、やはり多勢に無勢、二条御所は炎上し、信忠は自害して果てた。

六月三日、安土城を守っていた蒲生賢秀（氏郷の父）は、信長の妻妾一族を伴って日野城に移った。入れ替わるように六月五日、光秀は安土城に入城。信長の集めた名物茶道具など二百点をすべて取り出して部下たちに分け与えた。こうした略奪の挙を許したところに、光秀の謀反には結果的には理想も独創性もみられなかった。

六月十三日、山崎の合戦で光秀敗走し、落命する。

六月十四日、安土城炎上。

歴史のいたずらか、信長の死から一年後、秀吉の茶会で利休と並んで茶頭をつとめたのは、荒木道薫（村重）であった。

第七章　利休の茶室

心のなかで何かが泡立っている。不安とも苛立ちとも怖れとも違う、奇妙なこれまで経験したことのない感覚だった。あえてその感覚をつかまえれば、嫌悪と呼ぶのがいちばんしっくりきた。

だが、その嫌悪感はどこから生まれて来るのか、利休自身うまく説明できなかった。足軽から這い上がり、天下を取らんとする男の声が耳にまとわりついている。

信長存命のころは、利休は秀吉のことを気の利く要領のいい男くらいにしか思っていなかった。しかし、日が経つにつれて、ほかの武将とは異なる個性を漂わせていた秀吉に対して、近い将来凡庸ならざる才能を開花させるのではないかと漠然と感じるようになっていた。

これまで利休がそんなふうに思っていることを秀吉は知らなかったし、利休もあえて秀吉に話すこともなかった。

利休からすれば、光秀や村重といった武将は、接しやすく、また教えやすかった。だが、秀吉に茶の湯を教えるとなると、師弟の関係を超えたものになるのではないかという茫洋とした危惧感を抱いたこともあった。あえて嫌悪感の正体を突きつめれば、その危惧感について考えることなくそのままにしてきたために、今、真正面から向き合わざるを得なくなったという思いであった。

ここ宝積寺《ほうじゃくじ》の山城のある天王山は、山城と摂津の国境にあり、淀川をはさんで男山がそびえ、宇治川、木津川、桂川が合流し、山麓には西国街道が伸び、軍事、経済、交通の要所である。秀吉は大坂城に移るまでこの城を本拠地として利用した。

参道の先に本瓦葺の本堂があり、その脇の茶の席に利休たちは坐していた。

天正十年（一五八二）十一月七日、山崎の宝積寺城《ほうじゃくじ》にて羽柴秀吉は茶会を催した。今井宗久、津田宗及《そうぎゅう》、千利休、山上宗二の四人が招かれた。信長の葬儀を終えたあとの茶会であった。

ひとはだれでも死ぬ。特別なことではない。まして戦と添い寝をする武将であればならさらのことである。だが、世の中にも、堺の町にも、そして利休にとっても、織田信長の死は、やはり特別な事件《こと》だった。

信長には好きな舞があった。そして、人生の岐路で、信長は幸若舞「敦盛」を舞った。

「人間五十年　下天のうちをくらぶれば　夢幻の如くなり　一度生を得て滅せぬ者のあるべきか」

横死（本能寺の変）、弔い合戦（山崎の戦い）、後継者争い（清州会議）、葬儀と、ひとりの男をめぐる驚天動地の五カ月が天空をよぎる流星のように過ぎ去って行った。

世の中はいまだ安らぎが訪れていなかった。が、長くつづいた戦乱も終わりつつあり、自ら死を選んだ男が、世の中を、新しく変えるはずだった。狂気と見紛う独創を剣としたその男、信長の野心は、疾風怒濤《しっぷうどとう》の生を駆け抜け、虚空のなかへ忽然《こつぜん》と消えて行ってしまった。

天正十年六月二日、重臣明智光秀の謀反により信長が討たれ、嫡男の信忠も二条新御所で自害に追い込まれた。本能寺の変の報せを受けた秀吉は、軍師黒田官兵衛の進言に背中を押され、備中高松城の攻城戦から「中国大返し」を敢行した。途中池田恒興、丹羽長秀の部隊も合流。同年六月十一日に、摂津の国と山城国の境に位置する山崎において光秀と激突した。

山崎の戦いに勝利し主君の仇を討った秀吉の前に立ちはだかったのが、織田家筆頭家老柴田勝家だった。明智討ちに遅れた勝家は起死回生を賭けて、同年六月二十七日、尾張の清州城に主だった重臣を招集、後継者問題、遺領の配分問題を諮る会議を開いた。世に知られた「清州会議」である。

清州会議では当座の後継者、領地配分という見えるかたちでの決着はついたのだが、これまで最大の発言権を有していた勝家の影響力が低下し、秀吉の地位が高まったことが織田家家臣のあいだにはっきりと浸透したことのほうが重要だった。勝家・信孝を追い込み、秀吉は織田家の実権を着実にわがものとしていったのである。


茶会には槌の花入、尼子天目、安井茶碗、生島虚堂《きどう》（墨蹟）、木枯肩衝といった名物道具が用いられた。秀吉自ら茶を点て、続いて宗及が点てた。

利休のまなざしは、得意絶頂の主君仇討を成し遂げた男を見つめていた。まだ完全な勝利者とは呼べないながらも、早晩この男、羽柴秀吉が「死んだ覇王」に代わって天下を取ることになるだろう。

点前座に坐っている風采の上がらない小男の前に低頭しているほかの三人も、信長のあとは秀吉だと思っている。そうなることが、ここにいる四人だけでなく、堺の町衆の総意といってもよかったからだ。だからこそ、参席しているのだ。ただ、それが自分たちにとって、また堺の町にとって富の増大につながるか、否か、大いなる賭けであることをみなが肝に銘じていた。

――それにしても、時の流れというものはなんとも人を変えてしまうものだろうか。信長公が生きていたころは、「筑州」「羽藤」「秀吉」などと呼び捨てしていた男である。覚えているのだろうか、この男は「利休公」とこちらを敬称で呼び、茶の湯の教えを堺に乞うてきた男である。

戦においてなら、きのうの敵が今日の友になり、その逆もあり、風下に立っていた者が風上に立つこともその逆もありふれたことであり、心のわだかまりも一時のもので過ぎ去ってしまうだろう。我が身の非力を、あるいは時の不運を思い知らされるだけだからだ。しかし、何の確執も争いもないのに、ある日気がつけば、目下に見ていた相手に向かい合うと、呼び捨てから敬称に変わっていた。こうした理不尽さも、やはり下剋上と呼べばいいのだろうか。

利休の抱いた嫌悪感は、秀吉という人間に対する自分の評価の緩さというよりも、もっと深いところでは時の流れに翻弄されながら生きざるを得ない、人間という小さな存在に対するものだったのかもしれない。

「葬儀もわが手ですませたというのに、いまだ上様が身罷ったことが信じられぬ。すぐ後ろから恐れ多い神のごとき声が響いてくるようだ。上様の尊顔を思いうかべるたびに、恥ずかしながら人目もはばからず涙が出る」

そういって、秀吉はうっすら涙を浮かべた。さきほどから茶を点てる手が止まっていた。その表情からはそれが真情から出たものなのか、変わらぬ忠臣を装う擬態なのかはっきりとは読み取れなかった。ただ、秀吉の誰に対しても人の善さそうな、絶やさぬ笑顔の奥の眼が決して笑っていないことに、利休は気づいていた。

昨夜、秀吉は考えた。

——何事でも大殿を模範に、目標としてここまで駆け上ってきたのだから、大殿の上に出るためには、茶の湯もおろそかにできない。否、心を引き締めて修業しなければなるまい。そのためには亡君が召し抱えた茶頭が自分にも必要になる。

これからはだれに気兼ねすることもなく、主君の愛玩物を自分が好きなように愛でることができるという快感に、秀吉は品のない、素直な笑みを浮かべた。

同夜同時刻、津田宗及宅。

「どうも妙な具合になりましたな。陰ではあの羽藤がなどといっていた男が天下をうかがう大出世です。これからはぞんざいな口を利くこともできませんな。言葉だけでなく、接し方も以前のようには」

津田宗及が苦笑いをしながらいった。

「まったく。おっしゃるとおり。あれは元亀元年（一五七〇）にあの男から書状を受け取ったときでした。急いで鉄炮薬三十斤（約十八キログラム）と鉛硝（火薬）を調えて持って来てほしいという、信長公の走り使いの文でした。それだけではなく、大殿から貴殿に尽力を頼めといわれているからと、丁重なる扱いでしたよ」

　今井宗久が大仰に応じた。

「いまでも覚えておりますよ。羽藤に、いや。ここだけの話としてまだそう呼ばしてもらいますが、最初の茶会の指導をしたのはこのわたしなのですよ。天正六年（一五七八）の十月だったでしょうか。播州の三木城攻がどうやら兵糧攻めによる長期戦ということになり、三木城に相対する平井山に移した本陣に陣中見舞いに出かけて行ったのを機に、茶会を開こうということになりましてねえ。大殿から拝領した乙御前の釜に、牧谿の「月の絵」の掛け軸、「四十石」の茶壺、茶碗は天目茶碗と紹鷗の高麗平茶碗を使いましたが、その無邪気な喜びようといったら。料理も白鳥の汁ときましたから、有頂天のほどが手に取るようにわかるでしょう」

　そういって、宗及は利休のほうへ顔を向けた。

「わたしの場合は、特に話をするようなかかわりはありませんでした。初めて顔を合わせたのも、姫路城だったか安土城だったか記憶がはっきりしないくらいですから」

　利休はいつも宗久、宗及の前では言葉少なである。

「そうそう、こんなこともありましたな。去年（天正九年）の十二月でしたか、信長公から馬麟筆の『雀の絵』をはじめ『珠徳竹茶杓』など八点を下賜されたうえ、『御茶之湯を仕れ』とお言葉をかけられたと、父の宗薫とわたしに知らせてきましたよ」

宗久がいささか自らの立場を自慢げに口にした。

それからしばし信長と秀吉にまつわる話をしながら、その場に居合わせなかった山上宗二を除く三人は、それぞれの表情のなかに同じ思いを確認しあった。

茶会当日、秀吉もまた、四人を眼の前にしながら落ち着かぬ思いにとらわれていた。利休たちとは真逆に、ひれ伏せんばかりに接していた相手に立場がひっくり返った優越感を覚えると同時に、主君の威光を失った男の将としての器量を見られているという面映ゆさがせりあがってくる。

そんなこころの動きをさとられずに、平然としていることはなかなか気疲れのすることだった。茶を点てる茶杓、茶筅の所作一つ一つに、八つの眼が注がれていることを痛いほど感じていた。

かたちばかりはこれまでのように慇懃《いんぎん》に出ることもできれば、いまの力関係をはっきりと認識させるべく権高な物言いをすることもできる。どちらが得策かなどと考える男ではなかった。人のこころを読むことに関しては自信があった。無意識に出る言葉、行動が最良の判断となった。

秀吉は、どうして自分が信長に寵愛されたかをよく理解していた。命令することの要点だけを口にする信長の言葉の奥のこころの動きを的確に見抜きながら、気づかぬふりをして主君の望む、時には期待以上の働きをしてきたからである。

信長が大喝するときの大音声は家臣たちを恐れさせ、すくみ上らせたが、秀吉は叱責を事前に察知しながら、あえて叱責を避けぬ物言いもすれば、信長の口元を緩めるような世辞をおどけで包み込み叩頭《こうとう》をいささかも苦にもせず、恥とも感じることなく笑ってやり過ごして来た。

信長に比すれば、宗久や宗及や利休らのこころの動きを読むことなどたやすいことだと高をくくっていた。彼ら三人の茶頭を、秀吉は茶席で直にあるいは人づてに注意深く観察してきたつもりだった。

秀吉にとって、宗久と宗及は茶人である以上に商人だった。商人の扱いには慣れていた。商人は利で動く。その利にもっともらしい理がついてくれれば、どこまでもこちらの言いなりに動いてくれる。

だが、宗久も宗及も信長に重用されてきた分だけ、秀吉からすれば扱いにくいところもあったし、かねてから彼らの挙措にはどこか信長の威を借りて自分を軽んじるところが感じられた。だから、生身の女には生娘、人妻、後家と相手かまわず無節操であっても、権威づけに利用する人間については、他人の手垢のついた女を抱くようなことはしたくなかった。宗久も宗及も信長によって、からだの隅々までもてあそばれた女のようなものであった。

二人に比べれば、利休は秀吉から見ても食えない男だった。三人の茶頭のいちばん末席にいて接する機会が少なかったこともあったのだが、自分を曲げて商いの利で動くような男とは思えなかったし、茶の湯に関してもほかの二人とはちがったものが感じられた。

自分の茶道としていちばんに登用するなら、あらゆる点を考慮して利休が最適である。秀吉が出した結論だった。だからこそ、秀吉は密かに利休にあることをいいつけることを他の者たちには黙っていた。

「このたびの見事なお働き、ただ、ただ感服するばかりでございます」

津田宗及が、秀吉の心を探るかのような目で神妙に応じた。

「天王寺屋は上様に重用されたうえに、日向守（光秀）とも懇意だったから、なおさら複雑な気持ちになるのだろう」

秀吉はちらり皮肉の棘をチラつかせたが、言葉のなかに相手を攻撃する毒はなかった。

宗及はかすかに表情を強張らせた。

「納屋はいちばん早くから上様と誼《よしみ》になり、いろいろ思い出すこともあろう」

秀吉は顔を今井宗久に向けていった。

「恐れ入ります。上様（信長）あってのわたしでございました。これからいったいどうすればよいのか、途方に暮れております る」

昨夜の話などなかったかのように、宗久はへりくだって答えた。

「そのことよ。みなを招いたのは余の儀ではない。わしは大殿から実に多くのことを教えていただいた。引き立ててもいただいた。その大恩に報いるべく仇も討った。そして、わしは大殿の前で誓いを立てた。それが何かわかるか」

秀吉は、含みのある声で利休を見た。

「さて、わたしなどには一向に」

利休はさらりとかわした。

「わしには大殿の遺志を継いで天下を統べねばならぬ責務がある。葬儀の席でその責務を全うすることを衷心より上様にお誓いした。そのためにも、改めてみなに協力してほしい。堺の町の手助けがほしい。ずばりいえば、金と鉄砲だ。大殿がやり残した天下道の大普請を完遂し、完成させるための金と鉄砲がますます必要になる」

そこまでいって、秀吉はいくぶん和らいだ口調になった。

「ここまではみなの商人としての顔への頼みだ。ここからは茶人としての顔にも頼みがある。ありていにいえば、上様の茶頭として仕えてきたみなの力を、改めてわしの茶の湯修業のために貸してほしいのだ」

下手《したて》に出た無邪気な笑顔をつくったが、その声には有無を言わさぬ響きがあった。

この日の茶は、利休たちの胃の腑に重く、複雑な味がした。

利休は、茶会が終わってしばらくして弟弟子の薮内紹智《やぶのうちじょうち》（薮内流の始祖。大徳寺の春屋宗園に参禅し、剣仲の道号を与えられる）宛ての書状には、「迷惑なること」を頼まれて帰れなくなったとしたためておいたが、半分は本音で半分は方便だった。

季節外れであったが、利休はある年の冬の紹智との忘れがたいやりとりを思い出していた。利休は雪の暁に葭屋町の屋敷から蓑笠をつけて、紹智のところを訪れた。露地入りをして着物の雪を払って蓑笠を脱ごうとしているところに、紹智が迎えに出てきた。

露地は身を切るような寒さだった。利休は火を入れた「千鳥」の香炉を、「これ紹智」といって右の袖から出して渡した。

にこりとして紹智はそれを左の手で受け取り、「わたしも懐中しております」と、自分の懐中した香炉を右手で出して利休に渡した。

利休は寒い日に出向いて行った自分を迎いつけに出てくれる紹智に対する思いやりから香炉で暖をとるようにと懐中して行ったのだ。ところが、紹智もまた寒い中を訪れた利休のために、香炉を懐中して迎いつけに出たのである。

こうした茶友ゆえの交わりがだんだんできなくなってきている。利休はそのことに寂しさを感じながらも、新たな世界に飛び込んでいく覚悟を噛みしめていた。

秀吉から一人呼ばれて、出かけてみると、自分のための新しい茶室をつくってほしいとのことであった。むろん、願いというより実質命令であった。利休は山崎の合戦で明智光秀を討伐したばかりだというのに、自らの茶室のことを考える秀吉に急速に興味を覚えはじめていた。

もしかしたら、見栄や体裁ではなく本気で茶の湯をやりたいと思っているのだろうかと考えると同時に、利休は秀吉とのかかわりが、自分の茶の湯を大きく転換させる契機になると予感した。

利休は今井宗久、津田宗及とともに茶頭として信長に仕えてきた。信長は、三人の前に側近として仕え、天正三年（一五七五）に堺の代官に任じた松井友閑、京都の町衆の茶人不住庵梅雪を茶頭として登用していた。町衆であった梅雪の登用は「京を治めるには町衆を味方につけなければならぬ」という考えを実行したものだった。そして、信長が次に着目したのは堺の町衆、堺の茶人であった。

三人の茶頭のなかでは三番手であった利休は、信長とは距離をおいて覇者の思惑に考えをめぐらすことができた。宗久、宗及と信長とのかかわりを傍から見ながら、信長がまなざしの先に見ているものを探ってきた。

——茶頭の役割が茶会の進行一切を仕切るだけなら、茶の点前が上手な者でよかったのだ。在所など考慮しなくてもよかったはずだ。だが、信長には堺の茶人であるという事実が重要だった。なぜだ。堺の茶人は、茶人である前に商人であり、自分はともかくみな豪商である。堺出身の茶人を重用したのは、海外貿易によって生み出される堺の豊かな経済力をわが物にしたかったからだ。そのために堺の豪商を自らの茶会で奉仕させる。

利休は自分の考えが間違っていないことを、秀吉の茶室づくりの指示によって再確認した。茶頭の地位はほかのだれでもない信長の独創による政略的産物だっただけに、信長の死とともに消滅してしまってもおかしくなかった。だが、何事も主君信長の模倣からはじまる秀吉は、主君亡きあとはみずからの茶頭として継続させたいといった。信長と同じように振る舞おうとしながらも、秀吉の茶の湯への執心は信長とは違っている、と利休は思った。

秀吉は、「わしはな、千利休」といって言葉を切った。この呼び捨てに権力関係が逆転したことを知らしめる意図が感じられた。秀吉はそのことを意識していないかのように口にし、利休はそのことに気づかぬふうに頭を下げた。

「戦において人を殺戮するのに厭いてきた。上様には及ぶべくもないが、わしも相当非道なことしてきた。まともな成仏はできぬと覚悟している。それは、まあよい。わしはかねてからずっと思ってきたことがある。遠い昔の唐土の兵法書にも『百戦百勝は善の善なる者に非ずなり。戦わずして人の兵を屈するのは善の善なる者なり』と書かれている。これこそわしが望むことなのだ。できれば血を流さずに相手を従わせたい。戦わずに敵を屈服させる。それを茶の湯を使ってしたいと思っている」

秀吉の信長の遺志を継承するという言葉が真情にもきこえれば、独自の道を歩みはじめた自らの傲岸な決意表明としても受け止められるのは、こういうときであった。忠臣ぶりと不遜さの二心をいささかの葛藤もなく使い分けて、気づかぬふりができるところが秀吉という男の特性であり、傑物ぶりではないかと、利休はようやく気づきはじめていた。

「どのような茶室をつくれと」

利休の眼に小さく敵愾心の光が宿った。

「惟任日向守（明智光秀）、わしはあの男が嫌いではなかった。才気に優れ、狡猾な策謀にたけているところはわしとよく似ている。わしと正反対なのは女子に潔癖すぎるということだ。だから、人間として面白みに欠けるところがある。わし同様に上様の寵愛を得る要領もよく心得ていた。違っているのは、わしは上様の心の動きを察して直感で動くのだが、日向守は事前に上様を喜ばせることを調べておく周到ぶりというところだろうか」

この男は何を言い出すのやらと、利休は辛抱強くきいていた。

「まあ、そのようなことはどうでもいいのだが、たったひとつ口惜しいことがあるのだ。利休もよく存じておろう。上様はだれにでも茶会をお許しにならなかった。上様が最初に茶会をお許しになったのは荒木村重、二番目が光秀、そして、三番目がわしだ。わかるか、光秀がわしより先んじている。この序列はもはや覆すことはできぬ。だとすれば、わしはわしの茶の湯で彼らを超えねばならぬ」

秀吉は話している自分の声にさらに感情をあおられていくようであった。ひと呼吸が冷静さを取り戻させていた。

「そのためにこそ、茶室が必要になる。どのような茶室を、と訊くのか。わしがつくる茶室なのだから、かつてどこにもなかった日の本初の茶室に決まっておろう」

「そのような大それた茶室の造作をどうしてわたしに」

「利休ならできる、いや、利休にしかできないと思っているからだ」

秀吉は薄い笑みをつくっていった。

「わたしの、利休の思うままの茶室をつくれとおっしゃるのですね」

――おもしろい。やはり、この男は信長を真似て、こちらの力量を試そうというのか。

利休は、自分にとって大きな転機が訪れたという予感は当たったと思った。

「しかし、ひとつだけ条件がある」

――ほらきた。もったいぶった話しぶりでこちらを持ち上げて弄び、にわかにつかんだおのが権力を見せつけようというのか。

利休は、眼を細めて秀吉を見た。

「光秀の茶の湯の師匠は一応天王寺屋ということになっている、天正六年から今年の正月まで宗及を坂本城に招いて茶会を催していたようだ。宗久や宗二なども参会していたそうだが、利休も知っておるだろう」

――話が回りくどい。簡潔な物言いで聞き返すことを許さなかった信長公とは、まるで正反対だ。利休は光秀の茶会については宗及からきいていた。天正六年の正月には信長公から拝領したばかりの「八角釜」が使われ、床には牧谿筆の椿絵が飾られ、茶入は畠山武部少輔遺愛の肩衝、「露夜」の天目茶碗というのだから、秀吉以上に茶会の誉を感じていたのだろう。

「宗及という男はあれでなかなか曲者だ。光秀は大殿からの下賜品をはじめ唐物を所持している。茶室では当然それら唐物が使われることになるのに、宗及は光秀に三畳の茶室をつくらせたことは存じておろう」

利休の心中を察してか否か、秀吉は語気を強めた。

秀吉がいいたいことは、利休にはすぐにわかった。武野紹鷗の代までは三畳敷というのは唐物を持たない侘数寄専用のものだった。あえてそれまでの茶の湯の常識を破った光秀と宗及に妬心を抱いているのである。

「光秀の野望を打ち砕いたのは、ほかのだれでもない。この秀吉だ。光秀と宗及がつくった茶室を超える茶室をつくらねば、天下人足らんとするわしが、光秀の後塵を拝することになるではないか」

口角泡を飛ばさんばかりに吠える秀吉の顔を見ながら、利休は光秀のことを思いだしていた。

いつだったか、安土城に上がったときに光秀に青磁魚耳の花入れを見せられたことがあった。光秀が得意顔で花入れについて口にする前に、ちょっとしたいたずら心からその花入れの特徴を言い当ててしまった。光秀が手にしていた花入れから五、六間は離れていたと思う。光秀の死を知ったとき、浮かんだのはそのときの光秀の顔だった。

あの折の光秀の眼の輝きは謀略などとは、もっとも遠いところにあるものだった。茶の湯には、思いもかけぬその人なりをあらわにしてしまうところがある。その不思議がまた、茶の湯の恐ろしさでもあり、魅力であった。

利休は、光秀殿はご家臣のなかでは茶の湯の筋はとてもよろしかったように思います、という言葉は口に出さなかった。

「利休好みの茶室をつくり、かつ秀吉さまの意にかなえと」

「主人とは無理をいう人間のことをいうのだ。向後《きょうこう》そう心得ておけ」

後年、利休は信長と秀吉の違いにいろいろな角度から思いをはせるようになった。この言葉もそうであった。信長ならおのれの言動の説明などしない。それどころか聞き返すことすら許さなかった。秀吉には、自らの権威権力が衣を着た言動に酔いしれるところがあった。

――おれ好みの茶室か。わたしがいったいどんな茶室をつくると考えているのだ？　秀吉がまったく好まないものをつくるわけにはいくまい。彼なりに茶の湯の修業をしたいという思いに、いまのところ嘘はなさそうだ。茶の湯に関してはわたしが師匠だ。これからはじまる秀吉との師弟関係を望ましい方向へと、わたしの導くままに導いてくことができるか。それを試すにも、絶好の機会ではないか。

大げさにいえば、秀吉と刺し違えを覚悟する所業にも似て、薮内紹智への書状に書いた「迷惑なる」という気持ちを否めないのも正直なところだった。

利休は、新しい茶室づくりの手がかりをひとつだけ思いついていた。秀吉は三畳の茶室にひどくこだわりを見せた。その意に副えば、それよりも小さな茶室を望んでいるということになるだろう。要するに、秀吉は言外に二畳の茶室をつくれといっていたのだ。

侘数寄では紹鷗の時代からすでに二畳半の茶室はつくられている。ここは未創の二畳の茶室に挑むしかない。だれもつくったことがない茶室、それはいかにも秀吉好みの響きがあった。

何事もはじまりが肝要である。望ましい関係を築いていくためには、相手を喜ばせること。それも、相手が思っている以上の喜びを与える。本人がそうした喜びが存在しているとさえ気づいていない未知の感動であれば、なおさらいいのだ。

利休は答えを見いだしたと思った。

だが、新しい茶室のかたちはすぐに見えてこなかった。二畳の茶室はどこまでいっても二畳の空間である。限られた空間をどのように工夫して広く感じさせるか、それが始点であり帰着点であった。

このときの利休は、自らの内にまだ確たるかたちになっていないたくらみが芽生えつつあることを、完全に自覚していたわけではなかった。

――この男、秀吉と組めば、不可能に思えることも可能になるに違いない。今回の茶室づくりは、極限の小空間をめざすことが目的ではない。利休のつくる茶室がこれからの茶室になる。その第一歩なのだ。利休が利休になりきることが、この茶室づくりの目的とならなければならぬ。自分のやること、語ることが、新たな茶の湯の規範をつくっていく。利休はだれも考えたこともない茶の湯を発見するのだ。

醒めた半分の部分はそんなふうに思案するのだが、あとの半分は全身の研ぎ澄まされた感覚から紡ぎ出される作意を具現化して新しい和室をつくれる、その一点の純粋な至福感と緊迫感を味わっていた。

利休は茶室の指図（設計図）を描きながら、次から次へと湧いてくる作意をめぐっておのれ自身と対話していた。

——何をさておいても、狭さを感じさせない工夫が必要になる。

——空間のありようは「眼」が重要になるのではないか。

——同じ広さの部屋であっても、幼子と大人が入ったときに感じる広さは違って見えるというようなことか。

——たしかに幼子には眼の前の大人が実際よりも大きく、背高く見えるように部屋も広く感じるだろう。

——わたしはみなよりかなり大柄だし、筑前（秀吉）は一段と小柄だ。だからといって、やはり二畳に感じる狭さに違いはあるまい。

——となると、茶室に入る人間の眼が自然に動いて、好みの「空間」を感じられるようにつくればよかろう。つまり、こういうことだ。身をかがめて頭を下げて茶室に入る。当然眼は下を向いている。茶室に入り頭を上げてみよ。にわかに広さを感じるではないだろうか。

利休が最初から決めていたことは、書院風の茶室ではなく、草庵風の茶室をつくることであった。屋根は切妻造柿葺《こけら》き。二畳茶室、西隣には襖を隔てて続けて一定に幅八寸ほどの板敷を添えた次の間、次の間の北側に勝手の間(茶会の準備をするための水屋)、全体の広さを四畳半大とした。一見したところ、あざとく鄙びすぎずよく見られる民家の風情がねらいだ。

ここまでは何ほどの苦労もなかった。

——頭を下げて茶室に入るためには、入り口が小さく低くなければならぬが道理だ。

――そのためには、くぐり戸をつくらなければいけない。人間というものはまったく何もないところから何かを生み出すことなど到底できないものだ。くぐり戸の思いつきはわたしの独創というわけではない。河内枚方の淀川河畔に暮らす漁夫たちが船小屋を出入りする様子からひらめいたものだが。紹鷗どのの茶室では鴨居が低くなっていたことも、くぐり戸につながっているものだ。

利休は、くぐり戸（にじり口）の建具は板戸に、左右に引いて開ける工夫をした。板戸の幅は二尺二寸、板も二枚半を貼った。くぐり戸から見た正面に床を設ける。床は四尺幅で、隅、天井と柱が表面に見えないように土で塗りまわした（隅をはじめとする壁と壁とのつなぎ目等の内側を入隅といい、入隅などを壁土で塗る）室床、床柱は北山杉の丸太、床框は桐材と、利休は試行錯誤を繰り返しながら、茶室づくりを進めていった。

利休は壁の塗り方にも工夫を凝らした。壁は黒ずんだ荒壁（最初に塗る素地の粗い壁）仕上げで、藁すさが見えるようにした。東壁は二カ所に下地窓（壁を塗り残すことによってつくる窓。下地には淀川のヨシを使用）をつくった。

通常は窓をつける部分をあらかじめ決め、そこには窓枠を入れて下地組み物を抜くのだが、利休はその部分の壁を塗り残すことで、下地である木舞の葭の組み物が見えてしまう窓をつくった。壁を塗らせながら明るさを微調整したかったのだ。

南壁には連子窓《れんじまど》（木や竹を並べて打ちつけた窓）を開けた。炉はくぐり戸から見て部屋の左奥に隅きりとした。この炉に接した北西隅の柱も、壁を塗り回してかくした。これは室床とともに、二畳の室内を少しでも広く見せようと考えたからだ。

低い天井にも息苦しさを感じさせない創意を生かした。天井は床の間前は平天井、炉のある点前座側はこれと直交する平天井とし、残りの部分（躙り口側）を掛込天井の化粧屋根裏とした。

掛込天井は庇が室内に貫入して、傾斜した天井となっている。垂木の上に木舞を配し裏板を張った屋根裏を天井に見立てたものだが、天井の斜面と相まって室内に高さを創りだす工夫としたのである。平天井の竿縁や化粧屋根裏の垂木、木舞などは山崎の地は竹が多いので竹を使用した。

丸太柱に荒壁、掛込天井と棹縁天井の組み合わせ　壁と天井とを荒壁仕上げでひとつづきにした室床、下地窓、室内の明るさを考慮した連士窓などが見事な均衡を保った茶室が出来上がった。煤で壁に色づけして暗くし、入隅の柱を壁にぬりこめることで、圧迫感は大きくやわらげられた。室内に入れば、むしろ大きな広がりを感じさせる空間になっていることが実感できた。

天正十一年三月初旬、ついに作事が完成した。

その間、利休はほとんど堺に帰らず、茶室づくりに没頭した。作事現場に立ち会っては、つくってはこわし、つくってはこわしのダメ出しを何度くり返したことだろう。苦しい日々であったが、充実した日々でもあった。精魂を込めた分、細部の意匠は得心のいくものとなった。

出来上がった茶室に入った秀吉は「これが利休の茶室か」と、感嘆の声を上げた。

「庵号は考えておるのか」

「たいあんが、よろしかろうと」

「た・い・あ・ん」

「ええ、待庵でございます」

「その心は？」

「この茶室に恥じぬ、追い求める茶の湯のかたちが、あらわれるのを待つ」

「利休の、茶の湯のか」

「いいえ、わたくしが追い求める茶の湯は、あなたさまの茶の湯でもあります」

そういって頭を下げた利休に、なぜか秀吉は風下に立っていたときの自分が思いだされた。何かを言いかえさなければいけないと思いながら、このときはまだ、秀吉は茶について、否、利休に対して語るものを持たなかった。

　秀吉は、やがて知ることになる。

　戦場を駆け巡る武将たちにさえ威圧感を与える堂々たる巨躯《きょく》。鋭い眼光。利休の頭のてっぺんからつま先に抜ける鋭利な感性は生来のものであったが、身の置き所を持て余す猛々しさは武将たちと同様に戦国の世がつくり出したものだった。

　独創的な作意が時代を突出した利休をつくり、独り先を行く利休から次々と新たな作意が生まれ、利休の茶の湯が熟成されていくことになる。

　堺の豪商の一人であり、茶友でもある津田宗及は、利休についてごく親しいものにこんなふうに語り、他会記にも記した。

「認めたくはないのだが、利休はまぎれもなく茶の湯に関しては天性の作意の持ち主だ。たとえば、永禄十三年（一五七〇）二月三日の朝会では、なんと水しか入っていない花入を鑑賞させられた。利休だからこそできたことだ」

　利休はすでに永禄五年（一五六二）五月二十七日の朝、細口の花入（鶴ノ嘴）に花を入れずに、水ばかりを入れて床に飾っていた。この作意、利休ならではの、世間に向けた矜持とも挑発ともとれた。その後も、花を入れない水だけの花入を三度ほど床に飾った茶会を行なった。

　利休は、どこまでも自在な創造者であった。それまでの茶の湯の破壊者であり、新たな茶の湯の発見者、創造者であった。模倣者である秀吉が発見者、創造者を超えることがないことを、秀吉は思い知らされていくのだ。

　表情のない顔で語る利休の説明に耳を傾けるそのときの秀吉には、利休は茶の湯の師匠である一方で、茶頭という配下の者にすぎないという矛盾は覆い隠されたままであった。

「まあ、よい。いまのわしには、この待庵は来るべき勝家との戦の場に出て来るのを待つ、としたほうがふさわしい」

秀吉は、無理に快活に笑った。

秀吉の信頼は高まり、茶室は十二分に利休の面目をほどこすものとなった。だが、この地でこの茶室を秀吉が利用することはなかった。

天正十一年（一五八三）同年五月、茶室を完成させた利休は、秀吉の滞在していた近江坂本城の茶会において、秀吉の茶頭をつとめた。天下は、もはや揺るぎなきものとして秀吉の手中にあった。大坂城中に設けられた山里に再び二畳の茶室がつくられた。秀吉は利休を大いに気に入ったのである。

天正十二年（一五八四）正月、大坂城山崎にて新しい二畳茶室の席開きが催された。この席に招かれたのは津田宗及だけであった。

宗及の『天王寺屋会記』にはこう書かれていた。

　正月三日朝、山里の御座敷開
秀吉様の御会始なり、利休、宗及
　床　虚堂の墨蹟、面目の肩衝
　井戸茶碗、信楽水指

宗及は、あえて二畳茶室について言及していない。

利休は、上機嫌で宗及に接する秀吉を複雑な思いで見つめた。

柴田勝家との合戦に勝利したあと、多くの織田氏の旧臣は秀吉に臣属しはじめた。戦後処理を終えたあと、秀吉はほどなく畿内の石山本願寺跡に大坂城の築城を開始した。五月には、朝廷から従四位下参議に任命された。

高転びに転ぶ様子など微塵も感じさせず、日一日と高みに上って行く秀吉を間近に見ながら、利休は茶の湯のもつ魔性、業のようなものを痛感していた。

織田信長、明智光秀、柴田勝家…茶の湯とかかわった者は、みなすでにこの世にいない。自分の茶の湯の道は、血塗られている。利休はおのれにも、秀吉にも茶の湯によって、血塗られる運命が待っているのではないかと考えるようになっていた。だからといって、いまの境遇から逃げ出すつもりはなかった。また、それはかなわぬことでもあった。

このとき、利休はまだ考えてもいなかった。

天下人まで上りつめた秀吉がほんとうに怖れたのは、竹中半兵衛でも、黒田官兵衛でも、蒲生氏郷でもなかった。

秀吉が怖れたのは茶人としての千利休という存在であることに利休自身が気づくのは、皮肉なことに二人の関係が親しくなってからであった。

第八章　胸のきれいなる者

山上宗二は、数多い弟子の中でも、とくに利休が目をかけた弟子だった。茶の湯の力量も抜きんで出ていた。だが、口がひどく悪く、よくいえば率直なのだが、世間知らずというか、世渡り下手を絵に描いたような男だった。

宗二は薩摩屋という屋号をもつ堺泉州の商人だった。父親の宗壁も、豪商の主人という顔のほかに茶人というもうひとつの顔をもっていた。宗壁は、津田宗達、大坂道悦、天王寺道叱、津田宗及、武野新五郎（紹鷗の息子宗瓦）、そして、利休らを客として招く堂々たる茶会を催している。

数寄者を父に持つ宗二は、自然に年少のころから茶の湯に親しみ興味をもっただけでなく、熱心に稽古に励んだ。茶人として奇しくも古田織部と同年生まれだった宗二が利休の弟子になったのは、永禄八年（一五六五）であった。そのころ、二十歳を出たばかりの青年であったが、すでに気鋭の茶人として注目される早熟ぶりを示していた。

宗二の一家は堺の南の山上に住んでいたので、その地名から山上と呼ばれた。

宗二の師利休に対する信頼、敬愛の念は終生変わらなかった。利休もまた優れた弟子に目をかけ、愛情を注いできた。その揺るぎない師弟関係がときに出すぎた物言いを宗二にさせることもあったが、利休はそれを許していた。宗二ほどではないが、自分も紹鷗に対して思っていることを直截にぶつけてきたので、宗二を見ていると、若き日の自分を見ているような思いがしたからだ。

永禄八年には、宗二は利休、草部屋道設、新五郎、今井宗久らを招き、茶会を催し、床には霊照女の絵を掛け、高麗茶碗で点前をしていた。霊照女とは、大悟して禅者となった唐の龐居士の娘である。今井宗久、津田宗及、利休が信長の茶頭として仕えることになると、宗二も信長に目をかけられるようになる。

天正二年三月に信長が京都相国寺で開いた茶会に、堺衆が十人招かれた。紅屋宗陽、塩屋宗悦、今井宗久、茜屋宗佐、松江隆仙、高三隆世、千利休、油屋常琢、津田宗及らと並んで宗二の名も「天王子屋会記」には記されている。このとき宗二はまだ三十一歳であった。この十人は、当時堺の町の自治を担っていた会合衆である。

宗二は信長だけでなく、佐久間信盛・信栄《のぶひで》、荒木村重、細川忠興（三斎）、明智光秀、羽柴秀吉ら錚々たる大名たちの茶会にも招かれている。

信長からは宗の画家李安忠の「馬の絵」、武野紹鷗旧蔵の「小霰《あられ》の釜」を、信長配下の佐久間信栄からは高麗茶碗、堺政所だった松井友閑からは肩衝茶入を拝領した。

若くして宗二は茶人として相当の評価を得ていたものの宗久、宗及、利休の先達三人に比べれば、年齢はもとより、茶の湯の技量、人間としての器量、あらゆる角度から見ても一段劣らざるをえなかった。信長もまたそうのように宗二を遇していた。

信長のあと秀吉の茶頭として宗久、宗及、利休が仕えると、宗二もまた秀吉の茶頭となった。だが、以前として四番手の地位は変わることはなかった。茶頭として彼ら三人の上に抜きんでることがかなわず、それが世渡り下手の生来の資質とあいまって自尊心の強い宗二を必要以上に自らの偏狭さのなかに閉じ込めていった。

それでもはじめのうちは「瓢庵《ひょうあん》」と、秀吉の許しを得て名乗るようになる良好の関係だった。早くから茶人として秀吉に認められた宗二は、名物茶壺「四十石」の茶を分け与えられ、大壺（葉茶壺）を拝領したりしている。自らも「小霰の釜」を秀吉に進上しているし、当初秀吉と宗二の関係はうまくいっていたのだ。

だが、師利休と秀吉との関係以上に、宗二と秀吉の関係も外目には謎めいていた。

天正十一年（一五八三）十月九日、宗及は宗二一人を招き、風炉に蒲団釜をかけ、香炉を持ち出して見せた。この日の会記に宗及は、宗二のことを北国へ向かう牢人と記した。宗二は秀吉の茶頭の職を失っていたのである。

もしかしたら、秀吉は自分でも気づかぬうちに、利休以上に宗二のほうを好んでいたのかもしれない。宗二の直言癖にいつも怒りをおぼえさせられるが、その言には裏がない。利休の言葉は穏やかだがいつも何かの含みが感じられた。秀吉にとって、宗二のほうがずっと御し易かったのだ。

その気安さゆえに、稚児のように怒りをまっすぐに投げつけて宗二を追放させ、赦して近くに戻すことも一再ではなかった。利休に向けるべき苛立ちを宗二によって解消していたのかもしれなかった。

宗二もおのれの偏狭さを改めようとはせず、自己保身のための追従の言葉を口にすることもなかった。

非はいつも秀吉の側にあると言わぬばかりの態度であった。それでいながら、赦されて秀吉の茶会に招かれているのだから、実に奇妙な主従関係であった。

　天正十二年（一五八四）四月には堺に戻ってきた宗二は、住吉屋宗無とともに宗及の朝会に招かれている。そして、五月には宗二が宗及と宗無を招いて茶会を開いていた。だが、依然として宗二の地位は牢人のままだった。

　この年の六月八日、秀吉は小牧・長久手の戦いの最中、尾張加賀野井・奥城など織田信雄の居城を落とし、竹鼻城を得意の水攻めで攻略したことに気をよくして、墨俣で茶会を催した。この茶会に、宗二は宗及、宗無と一緒に招かれた。宗二は許されて秀吉の近くにはべることができるようになっていた。

　明けて天正十三年（一五八五）正月三日には秀吉は有馬温泉に湯治に来ていた。この湯治旅には利休、宗及とともに宗二もお供して来ていた。

　その後、宗二は大和郡山で仕えた。この城は筒井順慶が死去したあと、養子定次があとを継いだが、秀吉の命で伊賀上野へ移され、秀吉の弟の秀長が大和郡山城に入ることになった。秀長が催した茶会に宗二は参席した。

　このころの宗二はある焦燥感にかられていた。権力者秀吉との関係もさりながら、自らの茶の湯に関する深い思い入れの落ち着きどころを見いだしかねていた。茶の湯の所作や作意においてはいくら精進しても、師利休を乗り越えることはできない。乗り越えるどころか追いつくことさえ不可能なことだと思うようになっていた。

宗二は考えた。師利休がしてきたことで、自分がしていない、まだできないことは多々あった。では、師利休がしていないことで、自分にできることはないか。そして、ひらめいたのが茶の湯に関する秘伝書を書くことであった。何事にも矜持と自負の強い宗二は、文をしたためることは、師利休よりも自分のほうが一日の長があると思っていた。

宗二は師利休から受け継いだものに自らの体験と思索を加まとめた「山上宗二記」を書き始めた。

宗二の頭にあったのは、単に師利休から学んだことだけでなく、茶の湯の起源と歴史からはじめて、珠光に至り、さらに珠光の後継者を整理していくとともに、茶人として規格を明らかしていく。ここからが主文ともいえるものが「珠光一紙目録」で始まる。一言でいえば、珠光が能阿弥から学んだ目利き稽古の道を書きとめた覚書となる。そして、茶湯者の覚悟といったものを書き記しておきたいと思ったのである。

秘伝書であるからには、茶道具の説明も省くわけにはいかないと、宗二は心血を注いで書き綴った。

宗二は自らの「山上宗二記」の講義もしていた。

「前回は『茶湯者覚悟十体』ということでお話させていただきました」

宗二の低く力強い声がひびいてきたのは、小田原北条氏の家臣板部岡江雪斎融成《とおなり》の屋敷である。

「茶湯者が忘れてはいけない十の心がけ、皆おぼえておられるでしょうか」

「一つ、上をそそうに、下を律儀に、物のはずのちがわぬ様にすべし。（目上に対するときはおもねたり自分を大きく見せようなどとせず、目下に対しては偉ぶったりしないで心を籠めて接するように。同様に目上との約束は重視するが目下との約束はないがしろにしたりしないように）

一つ、万事に、物の嗜み、ならびに気遣い。（何事でもひと通り嗜んでおき、相手の思いに会って気遣いができること）

一つ、きれい数寄。心の中、なお以て専らなり。（きれい好きであること。とりわけ心のなかはきれいにしておくこと）

一つ、朝起き、夜放し会。朝は寅一点より茶湯仕懸くるなり。（暁の会、夜噺の会のときは、寅の上刻より茶の湯を仕込むこと）

一つ、酒をひかゆる事。また淫乱も同然。（酒も色事も適度をわきまえること）

一つ、茶湯を、冬春は雪を心に昼夜すべし。夏秋は初夜過ぎまで然るべし。ただし、月の夜は独りなるとも深更に及ぶべし。（茶の湯で心しておきたいこと。冬と春は雪をこころに昼、夜ともに点てる。夏と秋は初夜すぎまでの茶席を当然のこととする。月の夜は自分一人であっても深更まで釜をかけておくこと）

一つ、第一、我より上のなる仁と知音する事、専らなり。人を見知り寄り合うべきこと、肝要と云々。（人との付き合いでは、自分より優れている人と交際することを第一に心がけるべきである。茶会には相手

のことをよく見極めたうえで招くことが肝心である）

一つ、茶湯は座敷、路地、境地勿論、竹本、松在り所ならば、畳を直に敷く事、この分、専らなり。（茶の湯には座敷、露地、総じて茶を点てる環境が大事になる。竹や松の生えているようなところでの野がけでは、畳を直に敷けることが大事になる）

一つ、善き道具を持つ事。ただし。珠光ならびに引拙、紹鷗、利休、この衆心に懸けらるる茶湯道具専らなり。（よい道具をもつことが重要である。ただし、よい道具とは珠光、紹鷗、利休などの心に懸けた道具のことをいう）

一つ、茶湯者は無能なりが一能なりと、紹鷗、弟子どもにいう。注にいわく、人間は六十定命と雖も、その内、身の盛んなる事は二十年なり。茶湯に不断。身を染めむるさえ、いずれの道にも上手は無き、彼是に心を懸くれば、悉く下手の名を取るべし。ただし、物を書く文字ばかりは赦すべしと云々。（茶湯者は無芸であることが一芸となる。紹鷗は弟子たちにこんなふうにいわれた。『人間六十年が寿命だけれども、盛りの時期はわずか二十年ほどである。絶えず茶の湯に身を染めていても、なかなか上手にはなれない。これはいずれの道においても同様である。多芸に心を奪われたりしていたら、ますます上達が遅れてしまう。ただし書と文学だけは嗜むように心がけなさい』無芸〈ひたすら脇見をしないで茶の湯一筋であること〉あること一芸〈茶の湯の達人となれる〉となるとはそういうことだ）

以上の十か条です」

江雪斎は淀みなく答えた。江雪斎は能筆で歌道にも通じており、茶の湯にも熱心な才人であった。

「さすが、江雪斎どのですね。その学びの姿勢にわたしも身の引き締まる思いがいたします。どの条も言葉にすれば簡単なようですが、生半可な気持ちでは実践できません。一例をあげれば、『無能なりが一能なり』と書きましたが、師利休は茶の湯のためにはすべてを師匠とし、すべての道の名人の所作を茶の湯と目利きの手本として採り入れました。とりわけ歌・連歌には念を入れました。また、早くから武士たちと交わりをもっていたことから、刀剣などに関する世間の評判などにも精通していました」

宗二はそう語りながら、師利休のことを「山ヲ谷、西ヲ東ト、茶湯ノ法ヲ破リ、自由セラレテモ」と表現したことを、我ながら絶妙な表現だったと思い起こしていた。

「では、本日はやはり茶湯者覚悟のつづきについてお話させていただきます」

宗二にとって、小田原での暮らしはようやく心の安らぎを得た思いがしていた。しかし、すべの人から歓迎されたわけではなかった。宗二という数寄者が小田原に下って来てから茶の湯がことのほか流りだし、主君の氏直公をはじめとして諸人が茶の湯に耽溺し、早荻窪、久野あたりの野辺に茶屋を設け、御一門衆、年寄衆、異風の茶ということで、あるいは巡礼になり、あるいは行人《ぎょうにん》や虚無僧になり、茶屋に入るという慰みごとが毎日のように行われていると、嘆く人たちもいた。

こうした風潮を見聞きするにつれて、宗二はおのれの身のことよりも、もっと気かがりだったのが、秀吉の小田原進攻であった。今度ばかりは秀吉はたとえ時間がかかっても降伏させるまで小田原に攻め込んでくると思った。

「一、目明きということについてお話しします。質問は説明をひと通り終えたあとにしてください。茶の湯道具はいうにおよばず、いずれの品であっても、見たままに善悪を見分け、人の誂え物を殊勝に好むように始めることが第一です。信用できない、と嫌われる目利きというのは、名品に似たものばかりを偏好する目開きです。

次は手前についてです。薄茶を立てることがとても大事になります。これを真の茶といいます。世間では、真の茶というのは濃茶のことだとしていますが、これは誤りです。濃茶の点てようは、点前にも姿勢にかまわず、茶が固まらないように、息の抜えぬようにするのが習いです。そのほかの点前については、台子四つ組、ならびに小壺、肩衝の中にあります」

宗二は雑念を振り払うように講義に没頭していった。

江雪斎も、また真剣であった。秀吉との対峙関係を打開するために北条方の特使として上洛することになっていた。このとき、江雪斎は茶の湯の秘伝書を書いてくれるように血判の誓詞まで添えて懇望していたのだ。宗二は「山上宗二記」を江雪斎に与えた。

最初の一本は、桑山修理大夫重晴に与えた。桑山重晴は、秀長の家臣から紀州和歌山四万石の大名となった男である。

それにしても、宗二は利休を通じて伝えられた秀吉の言葉に何と答えればよいか、まだ決心がつかなかった。

織田信長、明智光秀亡きあと、天下を掌握した秀吉の権勢は、まさに力は山を抜き気は世を蓋《おお》う、の勢いであった。そして、この成り上がり者の天下人におのれの茶の作意を賭けた茶人利休の名も、全国の武将のあいだで知らぬ者のない「天下一の宗匠」の存在となっていた。

歳月は人を変える。良くも悪くも人の心を変え、人と人の関係を変えていく。何がどうしたのかと問われれば、事の次第はこうこうだと明晰に説明することのできない隔絶（それはほとんど修復不能にもおもえる）が、秀吉と利休とのあいだに生じてしまっていた。

天正十八年（一五九〇）三月一日、秀吉率いる二十万の大軍は京都を発った。箱根峠を楽々と越え、四月初旬には小田原城を包囲した。利休は茶釜のついた七つ節の柄つるの指物をさし、馬に乗って供をした。秀吉軍のなかに師の利休、包囲された小田原城に弟子の宗二がいた。

四月七日に第一次包囲戦、九日には第二次包囲戦が戦われたが、その間の八日、下野皆川城主皆川広照は百名ほどを召し連れてひっそりと城を脱出し秀吉側に降伏した。東部の竹下口を守っていた広照は、もはやこれまでと眼前に陣構えをしていた徳川家康に投降したのである。

秀吉の陣中に利休ありのうわさを耳にした宗二のこころが騒いだ。利休の名が喚起したものは、望郷の想いと重なった。師にお会いしたい。旅疲れた渡り鳥が帰るべきところへ帰り眠りを求めるような邪気のない、そして焦がれるような思いだった。宗二は、若くしてわれ老いたり、と思った。

戦はもう十分だった。心静かに茶を点てたい。それが宗二の偽りのない思いだった。


山上宗二は利休とこんな会話をしたことを思い起こしていた。

「茶会はそれぞれに忘れがたいものである。とりわけ紹鷗どのを招いた茶会は、わしに忘れてはならぬ大事なことを気づかせてくれた」

そういった利休の言葉は、まさしく本音だった。北向道陳から紹介され、茶の湯の指導を受けた武野紹鷗は、この日の茶会の半年後に身罷ったからである。

弘治元年（一五五五）四月朔日、この日の朝、利休は茶会を催した。利休三十四歳の年であった。招いたのは万代屋《もずや》宗安、今井宗久・宗好そして武野紹鷗であった。

床に牧谿の自画像を掛け、小板に風炉、雲龍釜、棚に布袋香合、羽箒、金輪寺茶入、信楽水指、曲建水、引切竹蓋置、この日は高麗茶碗で茶を点てた。当時はまだ唐物天目で茶を点てる場合が多かった。あえてこの日の茶会に、珠光茶碗ではなく、高麗茶碗を用いたのは紹鷗の反応が見たかったからだ。

利休は、天文十三年（一五四四）二月二十七日、称名寺の住職恵遵房と松屋久政を招いて最初の朝会を催した。床に善好香炉を飾り、珠光茶碗、釣瓶水指を用いて茶を点てた。恵遵房は珠光ゆかりの奈良称名寺の住職であったから、珠光茶碗を選んだのは利休らしい心配りであったが、利休自身がこの茶碗を気に入って、愛用していた。

利休が所持していた珠光茶碗は、醤《ひしお》色（赤褐色）の雑器であった。本来酸化焼成過程で青くなるべき青磁が醤色になってしまったという代物であった。それゆえその下手物ぶりを珠光が気に入って使っていたものだったのだろう。ちなみに珠光茶碗も、利休から三好実休に千貫の高値で譲られた。

その珠光茶碗ではなく青磁茶碗を用いたのは、青磁唐物である珠光茶碗から、朝鮮の高麗茶碗へと移行しつつあったおのれの美意識をさりげなく表したのである。利休がまだ血気盛んな時期だった。

利休には、紹鷗への深い敬愛の念と同時に、自分の茶の湯への想いをぶつけてみたいという気持ちがあった。

利休ははじめ書院・台子の茶事などは、北向道陳に学んだが、小座敷のわび茶のことは、もっぱら利休が工夫し、紹鷗に相談して決めてきた。

「紹鷗どのは、茶の湯の初心者に『お客になったときの心得はいかに』と尋ねられるといつも『〝一座《いちざ》建立《こんりゅう》〟を心がければたいていは大丈夫だ』と教えておられた」

山上宗二はうなずいた。

「茶の湯における一座建立というのは、招いた亭主と招かれた客の心が通い合い、気持ちのいい場と時をつくりだすことだ」

「おっしゃるとおりです」

師の言葉は片言半句も聞き漏らすまいと、山上宗二は身構えた。

「わしは、朝夕の寄り合いのような会であっても、新しい道具を披露する折や、口切の会はいうまでもなく、いつの茶の湯であっても、路地に入ってから出るまで、一期に一度だけ参会する会であるかのように、亭主に深くこころを注いで、畏敬の念をもって接するべきだと思っておる。しかし、頭でそう思っているだけだった。それが紹鷗どのとの今生の別れになるとは夢にも思わなかった茶会を経験して、そのことがまさに真実であることを、体をえぐられるよう了解したのだ。そのころのわたしはまだまだ言葉だけの茶の湯だったのだ」

一座建立だけにとどまらず、そこに一期に一度の出会い、一期は一生、一度はただ一会きりの出会いという緊張感がなければならぬという利休の思いは、終生変わることはなかった。

「茶会では、裁判沙汰、世間の雑談は無用。夢庵こと牡丹花肖柏《ぼたんかしょうはく》の狂歌にいう『我が仏　隣の宝、婿舅、天下のいくさ、人の善し悪し』を避けるべき目安にして、その場にふさわしい話題を考えなければいけない」

「わたしは茶席だけでなく、無駄口をきくのが大嫌いです」

山上宗二が肩を怒らせていった。

「紹鷗どのはそのような場を許容しながらも、茶の湯の真髄をきわめようとしたわけですが、師匠はそれだけでないものが、一度の茶会には含まれているのではないかといいたいのですね」

「そもそも一座建立とは、世阿弥が『風姿花伝』のなかで〈この芸とは、衆人愛敬を以て、一座建立の寿福とせり〉と書いたことがはじまりなのだ。世阿弥のいう一座とは、猿楽能の座のことで、その座を維持、繁栄させていくことが建立ということになる。茶席においては亭主の所作は、みな客に見られている。きょうも、宗二にわしの点前が見られたように。客も茶を喫する所作を亭主に見られている。茶席には正客のほかに次客もいれば三客もいる。それらの人たちからも見られている。つまり、互いに見る、見られる空間と時間がつくられていく。ここが能と違うところだ。能の役者はただ観客のまなざしに対象化され、批判される。客からいえば、役者を対象化し、批判する関係となる。能では役者と観客は最初から融和する関係にあるわけではないから、観客は役者を舞台の上で殺すことができる」

「茶の湯は、役者である亭主役者も観客となる正客を殺すことができるということになりますね」

山上宗二は利休に挑むような顔つきでいった。

「だからこそ、茶の湯の一座建立を支えている、つくり出していく思想は、一期に一度の参会の覚悟を秘めていなければならない」

とにかくすべては師利休に会ってからだと、宗二は皆川広照とともに脱出したのだ。皆川広照は宗二の茶の湯の弟子として、「山上宗二記」を与えられていた。茶の湯でむすばれた師弟は、かりに秀吉に殺されたとしてもやむなしと腹をくくっての脱出であった。

投降した相手が家康だったことが二人に幸いした。事情をきいて家康は皆川広照の降伏だけを秀吉に報告し、宗二のことは内密にしてくれた。それどころか利休のところまで護衛をつけて宗二を送ってくれたのであった。

利休は石垣山の陣内に数寄屋をつくり、「橋立」の茶壺、「玉堂」の茶入などで茶を点て、武将たちの出陣のなぐさみとしていた。

宗二の思いは利休とても同じことだった。

「ご無沙汰しております。宗二でございます」

「宗二か、無事の顔を見せておくれ」

耳覚えのある声にこたえる利休の声も、心なしかふるえていた。

いかつく不細工な顔をさらにクシャクシャにして、宗二は頭を下げた。

「少しやつれたな」

我が子にかける父親の声だった。

「不肖の弟子がこうしておめおめと顔を出してしまいました」

まずは一服、積もる話はそれからと、まず利休が宗二に茶を点てた。久方ぶりに目の当たりた麗々たる、それでいてどこまでも自然体の師匠の点前だった。それを見つめる宗二の涙が頬を伝った。じんわりと心が癒されていく涙だった。

今度は宗二が利休に茶を点てた。所作にかすかにすさんだ感じが漂ったが、それがわかるのは利休だからだ。やはり、宗二にしかできない宗二の茶だった。利休は宗二の目を見て頷いた。宗二の顔に安堵の色がうかんだ。

「戦はもうこのへんで終わりにしたいものだ」

利休がポツリといった。

「わたしとて、お思いは尊師と同じでございます。ただ、太閤さまからの伝言……」

「お互いに殺しあわずに決着がつくのならばこれに過ぎたことはないと考えて、北条氏を恭順させる調停役の働きをせよとの太閤さまからの伝令を密かにそなたに送ったのだが」

「尊師の思いは十分に推察しているつもりなのですが、北条氏の考え方、人生観に日々ふれているうちに、太閤さまの専横に従えと言いだすことができませんでした」

「それはおまえの結論ならば、もはや何もいうまい」

それから、宗二の放浪の間の話がひと息ついたところで、利休がひとりごとのように話しだした。

「ここに来てから韮山の竹がすぐれてみごとなことを見いだしたので、これこそ良い花入となりましょうと、関白どのに言上したのだ。しからば花入に切って差し出すようにと命を受けて竹を切ったところ、なんとこれが驚くほど見事な花入ができたのだ。そこで、さっそく関白どのに差し上げたのだが……お気に召さなかったようだ。さんざん罵倒されたあげく、庭へ投げ捨てられてしまった」

「なんという無体なことを」

宗二は思わず声に出した。

「まあまあ、同じ竹でつくった『尺八』の花入の方は大いに気に入られてのう。わしの目から見れば、前の花入よりも不出来だったのだが、御秘蔵されることになった。投げ捨てられた花入が、ほれ、この花入だ」

利休はそういって、その花入を宗二に見せた。秀吉が投げ捨てたとき、庭石に当たってひびが入ってしまっていた。

「これは、なかなかの侘び加減ですな」

宗二は、竹一重切花入を手にして感嘆した。

「この話をしたのはわしの作意を見せるためではない」

「わかっております。ご心配には及びません。宗二もだいぶ大人になりました。堪忍のしどころをわきまえる分別も身に着けました」

(この花入、小田原から帰った利休が息子少庵へのみやげとした。あるとき、この花入を床にかけて花を入れたところ、日々から水がしたたり、畳が濡れた。)

「これはいかがなものでしょう」

驚いた客が利休にたずねた。

「この水が漏れることこそが命なのです」

利休はそうこたえた。

この花入は、三井寺の晩鐘のひびきを想い寄せて「園城寺《おんじょうじ》」と銘がつけられた。筒には「円城寺　少庵」と書かれていた。）

「ともかくおまえのことを関白さまに取り成さなければならぬ」

そういって、利休は宗二に眼を覗き込んだ。

その眼の奥に憎悪も憎しみの感情も見られなかった。

「よろしくお願いいたします。ただ、ひとつだけお尋ねしたきことがございます」

「何でもいってみなさい」

「前から一度お聞きしたいと思っていたことがあるのです。尊師は常々慈鎮和尚の『汚さじと思ふ御法のともすれば世渡る橋となるぞ哀しき』という歌を吟じておられました。茶頭として主君から扶持をもらい、茶の湯を世渡りの道具に使って生きているご自身をほんとうはどう思っておられるのでしょうか」

宗二も茶頭としてその矛盾に悩み、考え続けてきたことを師匠である利休にぶつけてみたかったのだ。

「相変わらず答えにくいことを直截にきく男だ。歌そのままの思いでいるといっても、相手がおまえでは納得しまい」

宗二は口を挟まず黙って聞いていた。

「わたしが太閤さまの茶頭になったのは、いや、太閤だけでなく、三好、松永、織田と次々に時の権力者に近づき、世渡りをしてきたことは紛れもない事実だ。武士たちとかかわりをもたなければ、堺の町で一介の茶の湯者として生きたであろう。宗二、おまえは何のために茶の湯の修業しておるのだ。堺の町にかかわった武将たちは堺の町を利用した。堺の町もまた武将たちを利用したのだ。それができたのは、何よりも堺という町に財力があったからだ。ただし、金によって町の保全を保ったのは堺だけではない。堺という町には、ほかの町にないものがあったのだ。宗二、おまえも承知しているように堺の町がもうひとつ利用してきたものがあった」

「堺の町がもうひとつ利用してきたものとは」

「禅だ」

「たしかに。わたしも、茶禅一味ということについてはずいぶん考えてきました。まさしく数寄者の覚悟は禅のこころをもってなすべきです。紹鷗どのも『茶味と禅味は同じなること。松風を吸い尽くして、こころいまだ汚れず』といっています。紹鷗の先達の珠光も、そして尊師も禅宗によっています。わたしはこのことを片時も忘れることなく修業にはげんできました。そこにこそ、ほんとうの自己にたどりつく道だと信じております」

「まあ待て、宗二。わたしがいまいおうとしていることはそのことではない。そのようなことは確かに堺の者が禅宗を学んで考えたことであろう。そもそも堺の茶の湯が禅宗とかかわりをもつようになったことを考えてみなさい」

「それは……」

「答えずともよい」

利休は宗二を制して続けた。

「堺の町衆が最初に禅宗の何に目をつけたかといえば、わかるか、茶禮《されい》だ。改めていうまでもなく茶禮は禅門における飲茶の礼法だ。そこに見いだしたのはお茶を飲むという行為そのものではなく、お茶を飲む時間と場のありようであった。語らず問わずただ坐して坐禅を組む厳しい修練において唯一会話や質問を許される時間がそこに生まれる。堺の町衆は茶禮のもつその機能というか効用といったものを取り入れて茶の湯を盛んにしてきた。つまり、一杯の茶を飲みながら、商いの交渉、折衝、根回しといったことに活用するようになったのだ」

「堺の町衆たちにとって、禅門の教え、学びといったものはすべてあとづけだということですか」

「そうだ。そんな堺の茶の湯の動きにいち早く気づき、天下取りに利用できると考えたのが亡き信長公であった。いまさらながら、わたしは信長公の炯眼におどろいている。信長公が茶の湯に近づいたのは、堺の財力を味方にするには茶の湯をやることがいちばんの近道だと考えたからだ思っていた。ところが、それだけではなかったのだ。お茶を飲みながら、商いの交渉、折衝、根回しをするというところに目をつけられたのだ。これは政に使えると」

「わたしは堺の茶の湯は、禅門とかかわりをもつことで深みを増すことができ、珠光、紹鷗、そして、尊師、わたしも含めて草庵の茶というものを、根本から捉えかえすことばかりを考えてきました」

「宗二はそれでいい。どこまでもおのれの茶を追い求めていけばよいのだ。宗二よ、信長公の茶頭になってからのわたしの茶は、一段と血なまぐさい茶になってしまった。わたしの点てた茶を服した武将たちは戦に飛び出していく。そこで待っているのは敵を殺すか、殺されるかだ。どちらにしても血の匂いから逃れられない。わたしは、茶の湯から血の匂いを消したいとずっと考えていた。しかし、そのための手立ても思いつかなかったし、たとえ思いついたとしても、それを実行するその力を持たなかった。少なくとも太閤の茶頭になるまでは」

「そのようなことが現実に可能なのでしょうか」

「茶の湯は魔性の力を宿している。そのことに気づかせてくれたのも信長公だ。まるで媚薬のようにひとを惹きつける」

「なんだかいつもの尊師ではないようだ」

宗二は自分が知る利休とは違う利休を目の前にしているような気がして、つい言葉に出てしまった。

「われら茶頭は、茶の湯だけで許された存在だ。茶の湯に関することなら、どんなことでも物申すことができる。また、聞く側も聞いてくれる。たとえ茶室の外へ一歩でも出て外気にふれたとたん、刀をおいて茶室に入り茶人の面構えで茶を喫した武将たちが、みな武将の顔に戻っていくとしても。名物しかり。わたしが善しと思い口にすれば、人はそのまま善しと思いこむ。自分の判断の前に、わたしの判断を聴こうとする。なぜか、わたしが天下一の茶の湯の宗匠とよばれているからだ。それがどういうことがわかるか。わたしを賞賛しているのではなく、無責任にもすべての価値の評価の責任をわたしに負わせているということなのだよ。反対にわたしが凋落すれば、わたしが価値づけた名物もただの物に成り下がってしまう。天下人に仕えるということはそういうことなのだ。つまり、だれが何をいい、何を行為するかによって、茶の湯そのものがまったく違ったものになってしまうのだ」

「たしかに茶の湯の指南というのは不思議な存在だとわたしも実感しています」

「ここからが本題だ。ただし、他言無用」

そういった利休だが、その表情は少しも変わらなかった。

「わたしは武士ではないから、刀を振り回す戦などできない。ただし、戦を仕掛けることはできる。わたしは諸国の大名の機密をほとんど握っている。表面にあらわれなくても、だれとだれが通じて、だれとだれが反目しているかということなども。戦人ならその情報を使って、合従連衡を企てることもできるだろう。石田三成どのらは利休門下の大名、武将が結束して叛旗を翻すことをおそれているが、なんともばかげた空想、妄想というほかない。わたしが旗頭に担ぎ上げられてしまえば、また別の戦の種をまいてしまうことになる。わたしが考えているのはそんなことではない。一人でいいのだ。わたしは動かず、その男が動く。ただ一人、太閤どのと対抗できる武将を探しているのだ。その男が天下を取れば戦が止む。いくら勇将、知将であってもだめなのだ。その人は平時の治世ができる者でなければならない。いわば、その人間を、わたしの天下取りの言葉は悪いが駒となって働いてもらう」

「しばらくお会いしないうちにとんでもないことをお考えになったのですね」

宗二は感嘆の声をあげた。

「そのような武将はおられるのですか」

「心当たりがないこともない」

やはり利休は表情を変えぬまま いった。

「もう一つ、この機会ですから、かねてから折々に書き溜めている愚見を披露させていただいてよろしいでしょうか」

暫時の沈黙が流れたあと、宗二がことさら話題を転じるように口を開いた。

「ぜひとも聞かせておくれ。おまえに茶の湯を教えながら、わたしも学ばせてもらったことが多々ある」

「畏れ多いことでございます。尊師のこころの広さに甘えさせていただいて、これから申し上げること、どうぞ一笑に付してください」

「どうしたずいぶんと神妙ではないか」

利休は笑いながらいった。

「茶人としての生き方について考えてみました。まず名物かざりをもっぱらにするものは大名茶の湯、次に茶器の目利きも茶の湯上手で数寄（茶の湯）の師匠で渡世する茶の湯者、それから、名物道具は一つも持たぬが胸の覚悟、作分、手柄の三か条を備えるわび数寄、そしてわび数寄に加えて名物も持ち、茶の湯上手で志の深い茶人を名人と、四つの生き方に分けられるのではないでしょうか」

「いかにも宗二らしいな」

利休は少してれくささを見せて真剣に話す宗二の面差しに、一別以来愛弟子が過ごしてきた日々の苦労を感じ取った。そこにはかつてのむき出しの傲岸さは消えていた。

「名人とは、茶の湯者とわび数寄、さらに大名茶の湯をも包摂する上位の存在だといえるでしょう。名人の名にふさわしいのは珠光、（鳥居）引拙、紹鷗、そして尊師です。わたしが考える名人とは、名人になりてのちその位にとどまらず、わび数寄へと帰っていくのではないでしょうか」

「宗二自身は、どのような茶人と考えておるのか」

「さて、本音をいえば、わび数寄でありたいと思っております。尊師に強く傾倒しながらもその一方で、かんなべ一つで飯も炊けば茶の湯もする京粟田口善法のような胸のきれいなる者にあこがれるのです」

珠光の弟子のひとりに京都粟田口に善法という隠者がいた。囲炉裏ひとつという草庵に住み、客が来たときには囲炉裏にかかった釜で飯を炊き、その釜を清めて茶を点ててもてなした。

善法の釜は珍しい釜として知られていた。釜の形は茄子型で口がツンと突き出ていた。その釜を使って、行き来する人々に茶の湯を勧めるのを何よりの楽しみにしていた。このことを伝え聞いた秀吉は、この窯で茶会を催すように命じた。ところが、そんなことを少しも名誉とは思わない善法は、「こんな釜があるから、つまらないことをいわれるのだ」と、大事にしていた釜を石で打ち砕いてしまった。

これを知った秀吉は、「善法はほんとうの茶人」と感心し、その釜に似せた釜を二つつくり、一つは自分に、一つは善法に与えた。

「胸のきれいなる者か、茶人はみなそうありたいものだ」

「尊師も胸のきれいなお方です」

「わたしは、茶の湯を上下の隔てなく広めたいと願ってきた。そう思えば思うほど、遁世の茶とはかけ離れた茶になっていく。つまり、きれいな生き方とは別の道を進むことを余儀なくされた」

「遁世の茶は、不可避的に遁世の道を選んだということですね」

「おまえが挙げた名人の系譜の人たちの列にわたしも入るとすれば、なぜわたしは遁世者にならず茶頭になったたか。時代が選ばせたともいえるのだが、わたしはわたしの茶の湯というものにこだわったからだ。そして、たどり着いたわたしの茶の湯は、茶は服のよきように、炭は湯の沸くように、花は野にあるように、夏は涼しく冬暖かに、というものであった。だが、戦時にはそんなことはいっている余裕などない。それが許されるのは平時のことだ。そうなるためには、わたしが天下を取らねばならぬ。勘違いするな。戦時ではなく平時の天下取りだ。ほどなく太閤どのが戦乱に終止符をうたれるだろう。太閤どのに待っているのは平時の治世、為政だ。だが、それはかなわぬ夢に終わるだろう。太閤どのに代わってわたしが天下を取るのだ。たとえば、わたしは無刀で小座敷に入る作意を試みたのもそうした考えから出たものだよ」

　書院茶の時代から続いていた六畳や四畳半の座敷のころから、利休の初期のころまで茶会には、刀は外して外に置くものの、脇差は腰に帯びたままで座敷に入った。それを脇差までも外して無刀で小座敷に入るようにしたのは、利休の作意であった。

　戦乱の世の中がまだ修まらず、とくに和泉やと河内のあいだは、敵味方が入り混じって居住しているありさまであった。しかし、堺は高野山の門前町であったため敵味方の差別がなく、戦の行われないときには敵味方かえってより集い、数寄の人は茶会に同席していた。そのような茶会のとき、利休はこう切り出した。

「本日の相客の方々は、わだかまりなくご同席できる間柄でありますから、そうしたことはよもやありえないと存じますが、争いごとが生じたときには国のために家をなげうち、主君のために身命を捨てて戦うことが武士のたしなみであります。その武士の本分を守るための争い事が、万一にも小座敷で行われは不面目です。別心なく同席することの証を形にさせていただきました」

　小座敷の外の壁脇に竹釘を打ち、客の全員に脇差までも外してかけ、無刀での座入りを求めた。

「これは、茶事に余念なく同席するための定めであります」

　と言い切る利休に、客は皆々もっとものことと感心したのであった。その後はますますこの定め事が守られ、武士が刀を忘れるのも茶事の徳であると、いよいよ茶事は盛んになった。その後、貴人のためにとして、刀掛けの棚ができた。

「太閤どのの茶頭になられたのは深慮遠謀があってのことだったのですね」

淡々と話す利休に宗二はかえって畏れを感じた。

「茶の湯で天下を治める、それが、わたしのひそかなたくらみなのだよ。そのためには、好むと好まざるにかかわらず、太閤に比肩する権威、権力をもつことが避けられぬ道となったのだ。しからば『けがさじと思う』は茶の湯を身過ぎにしていることを嘆くことで、わがたくらみを隠ぺいするにはちょうどいい言い訳になる」

「この身、いつでも尊師のために投げ出しましょう」

ひとりになった利休は、過日、丿貫《へちかん》と話したことを思い起こしていた。

利休には隠者に親しい友がいた。富商の隠者もいれば、まさに赤貧洗うがごとしの隠者もいた。利休が好んだのは後者の隠者だった。

貧しいうえに奇人ぶりで知られた隠者に山科の丿貫という者がいた。京都上京の商家坂本屋の出とも、美濃の出身とも、はたまた曲直瀬道三《まなせどうさん》の姪婿ともいわれていた。山科に庵を構えていた。丿貫もまた手取釜一つで雑炊も煮れば、茶の湯の湯も沸かした。

利休は、ふいに思いついてノ貫の庵を訪ねた。

「北野大茶会以来であったな」

「元気にしておるか」

しばらく疎遠になっていたとしても、会えばすぐに打ち解けるのも同じ道を志す者のゆえのことであった。

「よい折に訪ねて来てくれた。おまえさんに会ったら、話そうと思っていたことがあったのだ。今日はゆっくりしていけ」

「そのつもりで来た。まずは一服喫したい」

「おまえさんに茶を点てたのはいつのことだったか」

ノ貫の茶には、利休の茶が利休にしかできないと同様に、ノ貫にしかできない味わいがあった。

「例の穴はどうした」

「うん？　あれか、もう埋めてしまった」

ふたりは昔を思いだして同時に笑った。

以前、ノ貫が利休を茶会に招いたときのことだった。利休が約束どおりの時刻に行ったところ、地面の土が崩れて穴に落ちてしまった。ノ貫は露地の潜り戸の前に穴を掘り、その上に土をかぶせていたのである。利休はとりあえず湯に入って泥を落とし、改めて露地から席入りをした。

しかし、この落とし穴のことは、利休はある者から聞いており、亭主のその日の作意を台無しにしてしまうのも興ざめなので、穴のことを知りながら落ちたと、後でノ貫に話したのである。

「あのときはほんとうに落とし穴のことを知っていたのか」

「いかにも」

「怪しいものだ」

「いいではないか。亭主を立てずに、いかにして客が立つことができようぞ」

ふたりはまた声を合わせて笑った。

「北野の大茶会のときのおまえさんの趣向はいまでも語り草になっているよ」

「あれか、あれはへそ曲がりの座興だったのだが、関白どのにあそこまで受けるとは思いもしなかった。だれも思いつかないことをと、一間半（約二・七メートル）の朱塗りの大笠を立てて茶席を設けたのがひと目を引いただけのことよ。もっともあれ以降、わしは諸役免除の特権を賜ったのだから、よき座興だったということになるな」

「あの北野大茶の湯の野立て、太閤が『釜一つ、茶碗一つ、焦し（米を炒ったもの。湯に入れて茶の代用にしたりする）を持参するだけでもよい』として、全国の茶の湯にこころある者を参会させたことは周知のとおりだが、太閤があの大茶会を催した目的は、自己の権勢を誇示するとともに、貴賤平等の茶の湯を目指したなどと風評されているが、いま一つ別の意図があったのだ」

「それは、何だ？」

「信長公を真似た名物狩りだ。だが、茶会そのものが一日で終わってしまってそれができなかったのだが。太閤はわたしらを召し連れて、あちらこちらの茶亭の風流ぶりをご覧になった。烏丸光宣《みつのぶ》卿の茶席の前を通り過ぎたとき、わたしが『この中によい肩衝がございます』と耳打ちしたことをだれも知らない」

「相変わらず太閤どのに対しては毒があるな」

「さて、わたしにいいたいことがあったのだな」

利休はさりげなく話題を変えた。

「こんなことをいってくれるのは、わたしだけだ。こころして聞けよ」

「もったいぶらずに早く話せ」

といって、利休は少しも急かせているわけではなかった。丿貫との久方の語らいを楽しんでいる風情であった。

「近ごろのおまえさんの茶には人に対して媚びる態度がみえ、世間の茶人にもへつらうことが多くなったようだ。世評も芳しいものではない。貴人高官たちに寵愛されすぎていることこそ不幸だと思わぬか」

「これはまたずいぶんと手厳しいな」

「茶化すな。未熟なころのおまえさんの茶の湯への思い入れは、わしが嫉妬するほど厚いものがあった。しかし、今はそのこころも希薄になっただけでなく、人間性も変わってしまったようだ。まあ、聞け。

人のこころというものは、二十年を一区切りとして変わるものだと思っている。わしも四十歳を一期として、自分も世間も棄てようと思い立った。おまえさんは、人間の栄達の時期ばかりを知って、滅びる時期のあることを知らない。世の中とは無常なものであることを、歌（古今和歌集）でも飛鳥川の淵瀬でたとえているではないか。人が移り変わることは、飛鳥川の淵瀬の変わりよりも速い。そのことに気づく者は、安住の住まいを求めず、軽々としたこころで世間を渡れるではないか。だれにでもそのような生き方を勧めはしないが、人間の情欲には限りがある。そのことを知って生きていれば、人生を全うすることができる。それを知らなければ、災禍を招くことになろう。また、蓮胤、あの鴨長明は蝸牛《かたつむり》のように、自分の住まいを洛中の華やかなところに設けている。わしは蟹のように、他人がつくっていまは無住の家に住んでいる。多くの人間がつかの間の生涯を、名誉や利益を得るために苦しんでいる姿を見ると、哀れに思えてならないのだ」

いっていることは辛辣だが、丿貫の声音にも表情にも利休を批判するというよりも、先に待っているものを憂慮する友の真情にあふれていた。

「半分は丿貫のいうことは当たっている。だが、あとの半分があんたとわたしの生き方の違いというほかないようだ」

「結局、何を幸せとして生きるかということになるな。人間というのは世間から認められることを求め、受け入れられて生きるものではないだろう。だいたい世の中なんて矛盾だらけ、不条理だらけで、自慢できるもんじゃないとわしは思っている。こんなご時世で世の中がどうなろうと、わしは生きたいように生きてみせる」

「あんたは善法に劣らず胸のきれいなる者ということになるのだろうな」

「胸のきれいはちといい過ぎではないか。わしの胸は相当に汚れておるぞ」

「丿貫の胸が汚れているというなら、わたしの胸は真っ暗闇に覆われている」

「それは、おまえさんが見なくてもいいもの見過ぎ、聞かなくてもいいことを聞きすぎてきたからだ」

「人の生き方は二通りしかない。野心をもって、野心といって悪ければ大義だ。大義に生きるか、大義とは無縁に生きるかだ」

「大義か、わたしは野心も、大義などというものは幸いなことに持ち合わせていない。野心とはおのれのため、人のために生きようとすることだ。それは何のために人は生まれてきたかを考えることからはじまる。そして、人は何のために生きるのかを考えると、何か大きな存在、意義あるものにつながりたくなる。おまえさんが太閤に近づいたように。わしには、大義のために自分を犠牲にしてしまうような生き方は御免蒙りたい」

遁世の茶の湯とは違った茶の湯の道を歩みはじめたときから、ふたりはけっして交わることのない道を歩んでいることはお互いに知り尽くしている。

「権力に左右されず、依存もしない。自分がかかわれる範囲で生きて行くということも悪いことではない。それはそれでおまえさんのようにうらやましいくらいこころ豊かで、楽しい日々を生きて行くことができるかもしれない。ただ、連胤ではないが、だれもがこの日の本という家主に頼って仮住まいしている義理がある。わたしは、その義理の分だけの帳尻は合わせておきたいのだ」

「おまえさんの義理とは信長公であり、太閤秀吉ということか」

「それもあるが、わたしの茶の湯を世の中に広めてしまったということの義理といったほうがいいかな。義理には責任が伴う。本住坊という弟子がいる。毎日わたしのもとに通ってくる本住坊が『毎日このように茶を点てていただいてはなんともお伺いしにくいことでございます』という。そこで、わたしは『関東や筑紫などの遠くからわたしの茶を望んでくる人は、わたしがどのようにもてなしても、これが利休の茶なのであろうと思うだろうし、茶の湯を知らない人も大勢いる。そういう人たちをもてなすのは易しいことだ。しかし、そなたなどのように親しい人に、ふだんの立居を知られてしまっては、いざというときに、わたしは自分の茶ができなくなる。だから、毎日念を入れてもてなしをしているのだ」と返答した。わたしの作意の心も所作の工夫も、毎日の精進が源となっていることをだれよりも知っているのは、おまえだよ、と。

茶の湯は手を抜こうとすれば、いくらでも手をぬくことができる。しかし、それに慣れてしまうと、本来の茶の湯に戻ることができなくなる。このくらいでいいかとか、これだけやれば十分ではないかという考え方では、利休の茶の湯はできない」

「おまえさんのような生き方は疲れるし、ときに命も危うくするぞ」

「すべて覚悟のうえのことだ。茶の湯とは、ぎりぎりのところまで自分と向き合い、けっして逃げず、ごまかさず自分を生かしながら、相手（客）も生かす行為なのだ。点てても、点ててもたどりつけない未踏感、それは未到感でもある。わたしの茶の湯は、近ごろようやく気付くようになったのだが、矛盾するような言い方になるが『未踏への痕跡』とでもいえばいいだろうか、きわみを求め、きわめようとしてもきわめきれない、それでも痕跡を残したい。求めているものを、一言でいうならば『きわみの茶』だ。きわみとは、きわまるところ、限り、果てだ、物事の本質といってもいい。また、定め確かめること、決めること。また、終わらすことをきわめるともいう。わたしの茶の湯は、果ての果てまで行かねばならぬ。わたしの覚悟がそういっているのだ」

「その利休が太閤にへつらい、従っていると世間では思われている」

「そこが、だれにも理解されぬところだと公言するほど、不遜な人間ではないとおもっているのだが、太閤の茶頭をしていたからこそわかったことがある。わたしの茶を口にする大名、武将たちはみな茶席では互いにだまし合いをしている。それもすべてを飲みこんだうえで。だとすれば、茶室という密室の空間と時間をさらに濃度を濃くして、だまし合っていることすら意識しないほどの演出ができれば、彼らは武士であることすらしばし忘れる。そこで、わたしは花や道具の遣い方、用い方に意味とこころを織り込んだのだ。点前の作法に厳しく、所作のひとつひとつを疎かにしないようにと。その結果、大名、武将たちは型を覚え、巧みにこなせるようになることに関心を持ちはじめた。彼らは、つくられたもう一つの現実なかで、わたしに自分たちの秘密をにぎられた。その先に、わたしが何を考えているのか。そこに、その答えがある……」

第九章　孤独

その日、箱根湯本の早雲寺を本陣としていた秀吉に、利休は宗二を伴って目通りをした。

「宗二か、久しく顔を見なかったな」

秀吉の応対からはいささかのわだかりも感じられなかった。

「上様におかれましては、ますますご壮健で、恐悦至極にございます」

「利休、年を取るのも悪いことではないな。ほれ、宗二がなんともまともな口をきく」

利休も、だまったまま頭を下げた。

「宗二、おまえのことは大方知っておる。わしに隠れて何か成すことなども何人《なんびと》といえどもできぬのだからな。わしはふだんからよくいっておる。どこへ逃げても、日本全国はわしの庭だと」

ますます傲倨になった男の声が頭の上から降って来た。

「秀長のもとにいたことも、高野山に入ったこともわかっておる。わかっていてそのままに捨て置いたのだ。わしは何度もおまえを追放し、許して茶会にも出させたのはなぜかわかるか。おまえが知り得た諸国の情報が貴重だったからよ。おまえは愚か者ではない。見るべきことを見て、知るべきことをしっかりと頭に入れてしまう男だ」

たしかに宗二が秀吉の勘気にふれ追い出され、許されて戻ってくるなかで結果的にはあちらこちらと諜報活動のような役割を担っていたことも否定できなかった。

「太閤さまの寛容さに、ただただ恐れ入るばかりでございます」

宗二は少しも逆らわず、秀吉の言葉を聞き流している。利休との約束をひたすら守っていたのだ。

「そこでだ、おまえに伝えたこと、いかなる働きをしたのだ。北条方の内情を細大漏らさず話してみよ。氏直の茶頭としておまえは機密の話にふれてきたのだからな」

「そのことですが、わたしには調停役の大任は果たせませんでした。お許しください。こうしてここにおりますのも、北条方の温情を恥知らずに裏切って来たからです。このうえ恥の上塗りをするようなことはご容赦ください。わたしを人非人にさせないでください」

「何をほざくか。おまえはいったい何をしていたのだ。師匠恋しさに戻って来たとでもいうのか」

「わたしはただ、茶の湯をしたいだけでございます」

「黙れ、黙れ、おまえは寝言をいっているのか」

じっとふたりのやりとりを聞いていた利休が、口をはさもうとしたとき、宗二が口を開いた。

「それでは、お伺いします。小田原北条を滅ぼした暁には、この国をいかがせんとお考えですか。奥州の伊達さまも従え、北から南まで日本全土をその手に握られたら、いかがなさるご所存でございますか」

「そのような政のこと、おまえに話す必要はない」

「これは異なことを。さきほどわたしに北条方の内実をことごとく知らせろと仰せになりました。茶頭が政に深くかかわっているのはご承知だと思います」

「また懲りもせずそのような口幅ったいことを申すか」

「わたしは偏狭者で、おのれに非のあったことは重々わかっております。太閤さまにお叱りを受けても、恨む気持ちはさらさらありませんでした。それは、太閤さまのなさろうとしていることが、茶の湯はともかく大筋で納得できたからです。ただ、いまの太閤さまは果てしない欲望が衣を着た男、目の前におられるお方は、宗二がかつて知っている太閤さまではなくなってしまわれました」

「茶の湯はともかく、と申したか」

秀吉のこめかみがピリリと動いた。

「これ、宗二」

利休が強い声で、宗二をたしなめた。

「話をそらさないでください」

宗二は、利休の声が聞こえなかったように、地金が出たか場も身分もわきかえず、秀吉にいいかえした。和解はもはや不可能だった。

「宗二、言葉が過ぎます。控えなさい」

宗二を制して、利休はひと息入れて秀吉を見た。

「われら茶頭のことをどのようにお考えですか。茶室は茶を飲む場所でありながら、謀略の場として利用されてきました。武将たちのだれもが密会の鍵を、われら茶頭がにぎっていると思っています。事実あらゆる駆け引き、秘事がわたしの前で行われてきたのです。今も昔も、そしてこれからも、政の見方からすれば、権力を支持しないものは敵です。だから、政がその掌のなかから死を手放すことなどありません。わたしたちが中立者でなければ、とっくに亡き者にされていたでしょう。さらに、茶席は密謀を練る小空間であるだけではございません。われらはだれをも人知れず亡き者とすることもできるのです」

「わしを脅しておるのか」

利休は、宗二に向けられた怒りの矛先を自分に向けようとしていた。

「いえいえ、茶頭とは実に不可思議な存在だといいたいだけなのです」

「わしは、利休に何度も殺されたということだな」

「さて、この利休こそ茶席ではいつもおのれを殺してきました」

「いま一度、お尋ねします。北条方を滅ぼしたあと、いかなる国づくりをなさるおつもりですか。よもや日本をすべて治めたあとは朝鮮、明へとお攻めになるお考えでは」

親を思う子さながらに師に向けられた怒りを自分がかぶろうと、つい宗二は口にしてはならぬことを口にしてしまった。

「利休に入れ知恵されたか」

いままで宗二が見たことない秀吉の憤怒に満ちた顔だった。

「えっ、いや、そうではありません。わたくし個人の考えです」

朝鮮出兵は秀吉がここ数年来の最重要事項であった。

「痴れ者め。『燕雀《えんじゃく》安んぞ鴻鵠《こうこく》の志を知らんや』とは、おまえのようなやつのことをいうのだ」

ギロリと宗二をねめつけた。

「ぜひともご再考していただきとうございます。関白さまはいかなる理想もって海を渡ろうとなさいますか。信長さまが生きておられたら、そのような愚挙はなさいますまい。海を渡って兵を進めた先に、日本の天下万民の平和が訪れましょうか」

もはや利休にとめるすべはなかった。宗二が口にしたことは、自分が考えていたことだったからだ。

「何かいうことはないか」

利休は宗二ではなく、利休を見ていった。

「お師匠さまには関係ないことでございます。わたしが思ったことを口にしたまでのことです。お目障りなら、どうぞわたくしをご処分ください」

「おまえごときを切ったところで刀の汚れだ」

このときまでは、まだ秀吉に怒りの中にも余裕があった。

「お行きなさるがよい。朝鮮でもどこでも。そして、戦いなされ。おそらく惨敗するでしょう。志なき、理想なき戦は勝つはずがありません。そこから豊臣家の崩壊がはじまるのです。太閤さまがお倒れになるのを諸将が待っておりますぞ」

すでに歯止めはきかなくなっていた。呪詛にも似た宗二の言葉だった。

「黙らぬか。埒もないことを聞き回り、嗅ぎまわるその汚い耳と鼻を削いでしまえ」

秀吉の中で何かが切れた。

宗二は庭先に連れだされ、命令されるまま耳と鼻をそがれた。

宗二は声一つあげなかった。その眼は多くのことを語っていた。その声が利休の胸に大きく小さく反響していた。

「お師匠さま。最期まで愚か者だった宗二は、自分にうそだけはつきませんでした。宗二は死んでも茶湯者です」

絞り出したような宗二の叫びが終るか終らぬうちに、秀吉の乾いた声がかぶさった。

庭に引きずり出した部下の白刃が、宗二の首筋を走った。

時に天正十八年（一五九〇）四月十一日。山上宗二、享年四十七、茶人としても、男としても盛りを迎えていたときだった。

利休の筆は空に止まったままだった。

文机に向かい墨をすり、筆を手にした。だが、先ほど来から思いだけがどんどん先へ行ってしまうのをそのままにして、利休は黙然と筆跡のない白紙の紙を見つめていた。

すでに半時（三十分）ほど経っていた。

利休は無意識のうちに亡き織田信長に話しかけていた。

――さてさて、慣れないことはするのではありませんな。自分の思いを文にしたためるということは、ままならぬものだと改めて痛感しました。書こうとすることはあふれるほどあるはずなのに、言葉にしようとすると何か違ったものになってしまう気がしてしまうのです。わたしも孔子さんにならって『述べて作らず』、述べるだけでつくり話はしないということにしておきましょう。

この年まで生きて来ていろいろなことがありました。思い返してみれば、わたしの人生は、あの年、永禄十二年（一五六九）が大きな分岐点となりました。そう、あなたが「名物狩り」をおはじめになったときです。織田信長という存在がわたしにとって重要な意味をもったのです。

あなたはすでに冥界《めいかい》におられます。そして、わたしはよき弟子にしてよき友であった宗二を失いました。そして、わたしは、これまでいったい何をしてきたのかと、自らに問い返してみるのです。

信長さま、あなたはわたしに茶の湯の教えを乞うなどとお考えにならなかった。茶の湯など理解しようとなさらなかった。あなたにとって茶の湯は、あくまでも手段しかありませんでした。

目的は？　いうまでもなく「天下布武」の実現でしたね。それを考えたとき、おまえの茶の湯の目的とは何か、と鋭い刃を突きつけられた気がしました。あなたはきっと鼻でフンと一笑に付され、おれの天下布武は、生きること自体の目的であり、おれの生の意味なのだとでもお答えになられるでしょう。

直に触れればこちらが火傷してしまいそうなあなたの生と死を、茶の湯に見立てたときから、わたしは自らの茶の湯というものを漠然とつかんだような気がしました。

あなたの「天下布武」の旗印のほんとうの意味がだれにも理解されなかったように、わたしの茶の湯の旗印も「天下布武」の気構えでありたいと思っています。その思いは、やはりだれにも理解されないかもしれません。これは諦念ではありません。もっと強く、激しい思い、あなたの言葉を借りればいかなる結果も「是非に及ばず」です。

茶の湯の新しさに目をつけられた、信長さま。あなたさまが茶の湯に目をつけなければ、わたしの人生も違ったものになっていたはずです。否、堺という町に目をつけたことからすべては変わってしまったのです。堺の町がなければ、わたしの茶の湯は生まれなかったのですから。

いえ、いえ、愚にもつかぬ世迷言を口にしてしまいました。いまの言葉、お忘れください。

信長さま、宗二の死は、わたし、利休の死でもありました。いまさらのことながら、あなたとも、宗二とももっと話をしておくのだったと、悔やまれてなりません。どうもわたしは進んで人と交わることが得手でないようです。いえ、人間嫌いというわけではないのですよ。いや、ほんとうのところはそうなのかもしれません。人間だれしも自分をどんどん突きつめていけばいくほど、わかっていることよりもわからないことが増えていくばかりではないでしょうか。

あのとき……あのときのわたしは、何もいわなかった、何もいえませんでした。何かをいえば、かえって太閤の怒りに油を注ぐだけだと思ったからです。否、それも言い訳になりましょう。宗二の首が落とされる瞬間、両膝の上で強く拳を握りしめていました。両手の爪が掌に食い込んでいたのもわかりませんでした。少しも痛みを感じなかったからです。

なぜ、わたしは宗二の助命を嘆願しなかったのか、宗二を見捨ててまでも太閤の茶頭でありつづけることにどれほどの価値があるというのでしょうか。

茶頭とは、いったいいかなる存在なのか。あなたは茶頭をどうしようとお考えだったのでしょうか。茶を点てた茶席の数だけ茶碗のなかに溶かしこんだ血なまぐささを飲み込んできたわれら茶頭とは、どこまでがお味方でどこから敵方なのでしょうか。

利用価値のあるうちだけ重用される、用済みになれば遠ざけられる、そのようなはかない存在だったのでしょうか。泣き言を吐き出したいわけではありません。わたしたち堺の町衆もまたお武家さまを、利用してきたのですから。

信長さま、利休を茶頭として引っ張り出したのは、あなたさまです。いえ、あなたに恨み言を申し上げる気など毛頭ございません。わたしのほうから進んで近づいたともいえるのですから。

いま、わたしは二つのことを考えています。一つは思いもよらぬ理不尽な死ということについて、もう一つは人と人との出会いについてです。

思いもよらぬ死ということからいえば、信長さまはこころのどこかで自分を弑する者があるとすれば、ご家臣をはじめ腹心のだれかだと思っておられたのではないでしょうか。わたしはそんな気がしてなりません。

　信長さまはまるで自分自身を罰するかのごとく次から次へと敵をおつくりになり、生き急ぎました。戦うために生まれてきたようなお方でした。あなたは人生をこころから楽しんだことがあったのでしょうか。あなたが生き延びた歳月だけ、敵兵だけでなく女子供、老人、一族郎党ことごとく惨殺された数が増えていきました。なぜそこまで徹底して戦い、徹底して殺戮しなければならなかったのか、その心底に潜んでいるものは何か、刃を交えたことのない利休などには皆目わかりませんでした。お亡くなりになったいまもわかったような気がしているだけです。

　それでも、あなたは敵によって殺されることがありませんでした。鉄砲で撃たれたときでさえ、命を落としませんでしたね。武田軍、朝倉・浅井軍、石山本願寺勢、毛利水軍、長島一向一揆、先の将軍様までも……あなたは合従連衡による四囲を敵方にしても、最後には勝ち戦にしてしまわれました。

　外の敵にとどまらず、お身内、お味方の反逆者たち、松永久秀どの、浅井長政どの、荒木村重どの、そして明智光秀どの…。謀反は思慮の外だったのですか。いえいえ、あなたさまは先の先までお読みになるお方です。今だからいうわけではなりませんが、おそらく筆頭に考えておられたのが光秀さま、筑前どのあたりではなかったでしょうか。そうした冷酷さを受け入れる度量こそ、あなたさまらしいからです。

おっと、筑前などと昔のように呼び捨てにしてしまって。あなたさまとお話しているとつい時の流れが後戻りしたような気になってしまうのです。今や太閤さまですから。やはり太閤さまとお呼びすることにいたしましょう。

謀反が光秀どのとわかったとき、こういいたかったのではないでしょうか。

「光秀よ、いまのおまえに余を弑する器量はありや」

「余に代わって天下を束ねる理想はありや」

結局、まるで物の怪に憑かれたように戦につぐ戦の明け暮れで現世を駆け抜けてしまわれましたが、あとのことはどうお考えになっておられたのでしょうか。嫡男の信忠さまをはじめとするお子たち、ご兄弟たちに期待をかけておられたのですか。

信長さまの茶頭、太閤さまの茶頭になって今日までの日々を振り返ってみますと、人の上に立つ者は、きわめて孤独な人間だということがわかりました。でも、信長さまの孤独と太閤さまの孤独は、性格を異にしています。太閤さまの孤独はいつ自分の席を奪い取ろうとする者がいるかもしれないという思いから、ごく少数の者にしか胸襟を開いて話すことができないという上に立つ者が常に抱えているものです。

信長さまの孤独は、あなたの言葉が、行動が世の中からもだれからもほんとうのところは理解されないという孤独、そして、そうした孤独を表にあらわさずにいることを理解している者がいないというさらに深い孤独です。そんなあなたさまを見ていて、この世にわたしの分身がいる、と思いました。

わたしは七十近くになってようよう自分の茶の湯の真髄というか、究極のかたちというものをつかみかけているような気がしています。だから、本来のわたしの茶の湯が理解されるわけはないのです。生涯をかけてもつかめぬかもしれません。

わたしが若年のころの千家は、苦境にあってとても貧しかったのです。父から受け継いだ千家の稼業は座・問という独占的に商品を扱う特権商人でした。千家は泉佐野の座を支配し、座公事銭をとっていました。座に倉庫を貸す、問・問職は物質の保管や輸送に当たる業務の権利のことです。ところが、応仁の乱以降、政治的混乱のなかで独占に関する保護を失ってしまいました。堺は古くから奈良への塩魚の供給地でしたから、貸倉庫業と干魚問屋によってなんとか生き残って来たのです。

いまもわたしのこころに残って癒えない傷跡になっているのは、祖父の七回忌には金がなかったため法要ができなかったことです。わたしはただ、涙を流しながら野草が生い茂る墓掃除をしていました。あのときの悔しさ、情けなさが茶の湯にのめり込んでいく原点だったのかもしれません。あっ、これはとんだ失礼をいたしました。懐古趣味に浸る感傷など持ち合わせていないといっておいたのに。

当初、わたしの茶の湯といえば、唐物をひけらかす豪商茶人たちを横目で見ながら、茶の湯はこれでいいのかとひたすら思索を深めていました。その思いのなかに、若年のわたしに彼らへの妬みがなかったとはいい切れません。茶道具はすべて自力で集めたのも、彼らに対する反発も働いていたと思うのです。

もし、わたしが堺で一、二の豪商であったなら、はたしてわび茶に向かったかということです。人間のやることなど、それほど御大層なことだとは思っておりません。少なくともわたし自身に関しては。わたしの「わび茶」は文字どおり侘しい、貧しい自らの境遇からはじまったということも否めない事実です。なるほどそういうことなのかという理《ことわり》など、あとからいくらでもつけ加えることができるのですから。

茶の湯の核心を道具以外に求め、わび茶について一つの信念をもつようになったのも、その背景には道具を買えなかったということもあったわけです。その後、商売で成功し、唐物を多少手にすることができるようになってからも、わたしの茶の湯を貫いている思いは変わることがありませんでした。

そんなわたしの目の前に出現したのが、安土城です。めったなことでは驚かないわたしですが、あなたのお創りになった安土城を拝見させていただいたときは、あなたという人間を心底畏れました。と同時に、懼《おそ》れも感じたのです。こんな大それたものを創ってしまった人間に、どんな運命が待ち構えているのだろうかと。そして、もっとも衝撃を受けたのは、あなたの安土城に向き合って恥じない「利休の茶の湯」をまだ創見していないのだということでした。

信長さま、あなたの死とともに、あの安土城もこの世から消え去るのがいちばんよかったのではないでしょうか。その後、わたしたちは太閤の聚楽第を目の当たりにしました。しかし、その独創性、精神のありようにおいて、聚楽第は安土城におよぶべくもありません。安土城はあなたのような武将が二度と現れないように、戦のために築かれた城とは遠く隔てられた、二度と出現することのない城でした。どこまでも壮麗な幻像の城として存在している安土城は、いまもわたしの瞼の奥で輝いています。

幻像の城をおつくりになったあなたにだけ、だれにも話していないことを少し聞いてください。

あれはいつのことでしたでしょうか。草庵の茶の湯について愚見を述べさせていただきました。草庵の茶の湯の系譜をたどれば、わたしの前に武野紹鷗がいて、さらに茶の湯の開山といわれる珠光がいたこと。わたしは紹鷗の弟子の系列に入っているのですが、だれがだれの師匠で、だれがだれの弟子かなどということよりも重要なことは、わたしの眼が先達者の茶の湯に何を見たかということだと、ずいぶん気負った物言いをさせていただきました。

珠光は、四畳半という小間を創出して、それまで唐絵が最高とされた床に、参禅の師である一休禅師から印可の印として授かったと伝えられている宋代の臨済宗の僧圜悟克勤《えんごこくごん》の墨跡を掛け、唐物のなかにはじめて備前焼、信楽焼などの国焼きものを茶道具として取り立てたのです。

さらに、唐物に対する美意識の転換、つまり、美の価値観の転倒を行った茶人です。珠光はそれまでだれも見向きもしなかった、素朴な味わいの唐物、とりわけ粗末といってもいい唐物にさえも、その良さと美しさを発見し、それを茶の湯に活かしました。珠光は、彼独特の歌論と禅によって培われた「冷え枯れ」「冷えやせ」の美意識によって目利きをしたわけです。

　しかし、たとえば珠光の青磁茶碗と曜変天目を見比べてみれば、よほどのへそ曲がりでないかぎり十人が十人曜変天目のほうが美しいとこたえるでしょう。その色彩の華麗さ、夢幻に誘うがごとき味わいにだれもがうっとりします。

　これに対して、珠光茶碗の美しさは、見る者の側に美しいと感じる感性によってつくり出されるものです。それは「月も雲間なきは嫌にて候」といった不足の美に共感できるものだけが、理解できる世界でもあったということです。

　そして、紹鷗は、堺の町の町衆で、屋号は皮屋、武具甲冑などを商っていた。武野家は堺ではもっとも富裕な商家でした。通称は新五郎、名は仲材、大黒庵と号しました。

　若き日には、京都にのぼり連歌に没頭しました。歌学の権威であった三條西実隆について古典を学び、藤原定家の歌論書『詠歌大概《えいがたいが》』を授けられた。堺に戻ってからは南宗寺の禅僧大林宗套に参禅し、茶の湯に目覚め、「茶禅一味」のわび茶を深めたのです。

　一方で、紹鷗は六十種の名物を手に入れています。それは彼が潤沢な資力の持ち主である証です。もちろん、彼の目利きの卓越性が十分に発揮されたがゆえの名物蒐集といえるのですが。

　いずれにしても、紹鷗の場合は、はじめ珠光ありき、です。紹鷗の茶の湯は、まだ書院と草庵との中間に位置するものでした。

紹鷗は、珠光が「真の座敷として造った」四畳半茶室にさまざまな工夫を凝らしました。紹鷗は、それを「草の座敷」と呼びました。

さらに、紹鷗は鎖などで釣った茶釜を五徳に据えました、柄杓の柄を丸く削った、白木の釣瓶を水指に見立て、竹を削って茶杓をつくりました。青竹を切って蓋置にした、囲炉裏を小さく深くしたのです。こうした紹鷗の生み出してきたことをお話させていただきながら、当時のわたしは常にその先へ、先へと行くことが、自分の茶の湯には不可避の道であると考えてもいたのです。

紹鷗の茶室の向きは北向きで、左勝手（水屋）でした。茶室の中が明るすぎると、茶道具が貧相に見えてよくない。だから、時の経過によって光が強くなる東、西、南の窓は避けるべきだと考えたからです。入口の明かり障子だけで光を採り入れ、他の三方には窓がありませんでした。

わたしはそれを左勝手は同じだけれど、南向きにしました。向きにこだわりたかったのではありません。一つは道具が貧相に見えるか否かという考え方そのものを善しとしなかったことと、光を抑制することで、精神性の深さを茶室という空間に醸し出すということに異存はなかったので、にじり口と窓をつけることで光の量を加減・調整することができると考えたからです。

わたしは、また、紹鷗の前で棚を使わない点前を行いました。

当時、四畳半には必ず袋棚以下の棚、卓、箪笥類を置いて、道具を飾って茶を点てていました。四畳半では畳の上に道具を置き合わせるということはしませんでした。利休は紹鷗を四畳半座敷に招いたとき、棚を置かずに初座・後座の点前をはじめて行いました。

　その日の初座の床には了庵清欲の墨跡を掛けて、自在に桐紋の釜を釣り、炭道具はすべて勝手から運び出しました。後座では掛物の前に、水仙の初咲きを生けた伊賀焼の花入だけを飾り、初座同様に道具を残らず運び出して茶を点てました。これが、四畳半の畳に道具を置き合わせた初めての日であったということも。

　面通の建水は、巡礼が腰につけていた飯入れを見て紹鷗が田舎風の茶屋に竹の蓋置と並べて置いたのが最初でしたが、この二つを小座敷に持ち出し使い始めたのはわたしだったということ。

　珠光から紹鷗の時代までの茶杓は、節なしの長い竹を用いていました。長さを短くし、中間に節を置く茶杓を好まれるようにしたのはわたしで、また、節を元に寄せるようにしてつくられた茶杓を「野がかり」といったことなども。

　調子に乗って、茶人でなければ関心をもたない細かいことまで口にしてしまいました。

　思い返せば、まさに汗顔の至りです。どこかで、あなたに負けまい、圧倒されまいと虚勢を張っていたのかもしれません。いまなら草庵の茶について話させていただけるならばまったく違ったいいかたができると思います。

　とにかくわたしの茶の湯は四十歳までは紹鷗の真似事で、六十歳をすぎるまでは紹鷗風でした。利休の茶が生まれるのはそれからのことだったのです。

そして、いま、わがこころに問いかけてみるのです。わたしの草庵の茶の作意とくふうは、あなたの安土城の前に恥じないか。その精神、思想において……。

信長さま、いまでは、主だった大名のあいだでわたしの名前を知らぬ者はいないでしょう。そのことだけを取り上げれば、関白どのの思惑どおりに事態が推移したわけですが……。わたしは、いつの間にか足利将軍家鹿薗院（三代将軍義満）、普光院（六代将軍義教）を経て、慈照院（八代将軍義政）に至ってきわまる唐物崇拝、唐物至上主義の東山流の華美な茶の湯（殿中の茶の湯）に対して、町衆のあいだで流行りだした閑寂な風情の草庵の茶の湯、いわゆる「わび茶」の天下一の宗匠ということになっています。

茶の湯における一座建立ということを以前お話しさせていただきました。客を迎える亭主、招かれた客はどのようにあるべきか、これがなかなかやっかいなのです。茶席においてはいかなる身分にあろうとも主客が対等の関係にあるわけですが、対等であるという人間関係はかえってむずかしいものではないでしょうか。身分の上下関係がはっきりしているほうが互いの距離を取りやすくするといえなくもありません。

ある朝会を催したときのことです。お客は細川忠興（三斎）どのでした。その日は寒風が吹きすさぶ日で、三斎どのは外露地にふるえをがまんさせられながら、長い間迎えつけに出てくるわたしを待たされたままでした。それでも、茶会がはじまれば、そんなことも忘れてしまうほど、濃密な時間をすごさせていただきました。茶会がすんだ気安さから、三斎どのがわたしにお尋ねになりました。

「本日はどうして迎えつけが遅くなられたのですか」

「そのことについては申し訳ありませんでした。手水鉢の水門の石を置きかねておりますうちに遅くなってしまいました」

と、わたしは答えました。

「利休どのともあろうお方が、前日に直しておくべき捨石を、客を待たせたままで直すとは、日ごろからおっしゃっている茶の道からはずれているのではありませんか」

と、三斎どのは再び質問しました。

「おっしゃるとおり、前日に直したときにはそれでよいと思っていたのですが、今朝、露地を見まわっていたときに、どうも気になってあれこれ置き直しているうちに、時間がすぎてしまいました」

「それならば、客が待っているのがわかっているのですから、おおかたのところで打ち切って、呼び入れるべきではありませんか」

「いや、茶の湯というものはそれではいけません。自分がこころに納得できないことを、客に見せるものではありません。自分の腹に納まるようにしてから客を迎えるのが、茶の湯の本来のこころというものです。たとえ客の機嫌を損じたとしても、すっきりした気持ちで迎い入れることこそ大切だと思います」

大名を前にしてこのようなきっぱりとした物言いができるのも、わたしが天下一の宗匠と持ち上げられているからでしょう。

また、わたしがはじめたことが流行ってしまったり、茶の湯の通説として浸透してしまったりしたものも少なくありません。

風炉の茶の湯で中水をさすことも、その一つです。突然の来客に茶を点てたとき、茶碗に茶をすくい入れたあと、水指の水を柄杓にたっぷりと汲んで釜に入れたことから、このことがなんの理由もなく流行したのです。

高山右近どのと芝山監物どのがこの中水を不思議に思って、その意味をお尋ねになりました。そのとき、わたしはこうお答えしました。

「よくぞお尋ねくださいました。その日の朝に急な客があったのですが、釜の湯が足りなかったので、湯を改める意味で水を差したのです。定めとしての中水を差すということが、あるわけではありません。これはお尋ねがなければ申さなかったことです」

一日の会は一席限り。また、はじめから終わるまで二時《にとき》（四時間）を超えてはならない、というきまりはわたしがつくったわけではなく、茶書に書かれています。

ところが、太閤どのがわたしの催す茶会に参席するときは、前もって茶席の室礼をご覧になりたい旨が伝えられました。それで、小間の茶がすんだあと、四畳半では袋棚、書院では台子の飾りなどをご覧に入れることがときどきありました。

世間の人たちは、そうした内意があってのことだとつゆ知らず、小間の茶の後に四畳半か書院でごちそうをしなければ失礼になるのだと誤解して、この方式が京都や堺で流行しはじめたのです。

宇喜多秀家どのや浅野長政なども、そのために鎖の間というものを別に建て、一席すんだあとにまたこの座敷で会をしています。そのことを伝え聞いて、このお二人にそれは心得違いですと強く意見しました。

その後、わたしは太閤殿が参席するときでも、小間であれば小間だけ、書院であれば書院のみでおもてなし、座を変えての飾りのご覧などはお断りしました。

太閤どのに竹花入を献上したときの話です。それが逆竹で切られていたため、太閤どのはひどく立腹してそれをとがめられたことがありました。

そこで、わたしは一首の和歌を示しました。

「根をもとゝうたまふ法のふかければ　君のめぐみにひらく花まど（人の世の法とは根源を大切にするものでありますから、わたしも世の根本でいらっしゃいますあなたさまのお望みにあって、こうして花開いています。この花筒も同じように、根を大切にして花をさかせております）」

巧みに太閤どのに仕えるありがたさを歌で表現したのです。当意即妙のやりとりもときには必要になります。咄嗟の返答ができたのも禅の修行をしてきたおかげかもしれません。その後、竹でつくられるものは蓋置に至るまで、すべて逆竹となったのです。

こうしたことどもがわたしのたくらみの地固めになっていったことは事実です。「わび茶の天下一の宗匠」で満足できるならば、これ以上の栄華は望むべくもないでしょう。わたしの茶人としての地位はまさに盤石のものになったのです。しかし、「利休のたくらみ」のために、大切なものを失ってしまったのです。

茶の湯とは、文字どおり「茶」と「湯」とが相応することを、第一とするものです。草庵茶の湯においては、初座の火相《ひあい》を考えて炭をし、後座の湯相《ゆあい》を考えながら席入りをし、良い茶に会うことができるようにしてあげる客が、巧者の客です。また、巧者の客に応じて湯相と火相を考え、茶を点ていくのが巧者の亭主となるのです。

釜の五音《ごいん》の湯相についても、わたしは厳しく教えました。わたしは湯相を察知する釜の煮え音を、蚯音《きゅういん》、蟹目《かいもく》、連珠《れんじゅ》、魚目《ぎょもく》、松風と五段階に分けました。蚯は、ねじれる、蟹目は湯が湧き立つときに出る小さいあわ、連珠、魚目はしだいに大きくなっていくあわのこと。松風とは、湯音を、風が吹き通す松の葉音にたとえたものです。

わたしは弟子たちこんなふうに教えてきました。

「口切から正月、二月までは、茶の気が強く保たれているけれど、三月後半から少しずつ茶の気が衰え、四月になると、いよいよ気が薄く衰えていく。五月雨のころといえば、茶の気がもっとも衰えている時節だ。それゆえに、釜の五音《ごいん》の湯相を考えるときに、湯の熱さが峠に達した松風の湯相は口切の時節の湯相ということができ、正月や二月になると、雷鳴の熱さを越えた湯相がよいのだ。というように湯相を次々に心得ておかなければならない。四月以降になると、茶の色も香りもともに衰えているために、煮えたぎっている峠の湯を茶にそそぐと、茶の気がたちまちぬけ、色香も変化してしまう。だから、風炉の湯相は、煮えたぎったところに水を一柄入れ、汲みたてて、湯のたぎりを一瞬抑え、それを茶碗に入れれば、湯相もやわらかになり、茶の気も助けられて相応に良い茶が点つという具合になる」

いきなり五音の話などを持ち出したのは、わたしが失ったものと関係があるからです。こんな光景を思い浮かべてください。

ある冬の暁、雪景色に風情を覚えた津田宗及どのは、ふと思いついてわたしのもとを訪れました。彼の来訪を予感したかのように、露地の戸が細くあけてありました。

宗及どのが腰掛けに入って案内を乞い、休んでいるとほのかに香が漂ってきました。室内からこぼれる明かりの色を包み込むような香りでした。宗及は、その香が信長さまより拝領の蘭奢待であることを即座に理解したのです。

しばらくしてわたしは紙子の服に十徳を身に着けて宗及どのを迎え、席中に請じいれました。

「東大寺ですね」

名香のすがりをとの乞いに出された香炉の香を聞き、宗及どのは今暁の風情を深く覚えながら、主客は挨拶を交わしました。

静けさを遠慮がちに破る水屋側の潜り戸が開く音がしました。

「醒ヶ井の水を汲みにつかわしていたものが、遅くなってただいま戻ってまいったようです。せっかくのお出ででありますから、水を改めましょう」

そういって、わたしは釜を引き上げ、勝手に入りました。

ひとりになった宗及どのが台目畳ににじり進んで炉中を見ると、寅の刻の火相が、なんともいえず見事であることに気づきます。棚の上の炭斗《すみとり》に炭が組んであるのを取り下ろして、炉中の炭を直し、新しい炭を置き添え、羽箒で台目をはいて、わたしを待っていました。

「暁の火相がたいそう結構でありましたが、水が改まることですから、利休どのは火相を一段と強くなされることであろうとお察しし、お手をわずらわせるのをはばかって、わたしが炭を加えて置きました」

わたしが茶道口から釜を持ち出すと、宗及どのがそういいました。

「このような客に出会ってこそ、湯を沸かし、茶を点てる甲斐があるというものです」

二人は互いに微笑み交わしました。

信長さま、いまのわたしにはもはや主客が互いのこころを思いやる、茶の湯がもつこうした至福の時を楽しむことができなくなりました。すべての茶席が政の策略のなかで行われていくしかないのです。

そこまで利休が語りかけたとき、ふすまの向こうに宗恩の声がした。

第十章　決断

小田原から戻った秀吉は、天正十八年（一五九〇）九月八日には、聚楽第で茶会を開いた。さすがの秀吉も、宗二の斬殺は後味の悪い思いを残した。怒りによる行為はおおむね後悔を生む。利休だけは殺したくないと思っていた。

もう一つ、秀吉のこころに引っかかっていたのは、伊達政宗のことだった。政宗には上洛して恭順の意を示すように再三再四書状を送りつけたのだが、ことごとく黙殺されてきた。今回の小田原攻めにも政宗は腰を上げようとしなかった。武力で決断を迫るべきか、もう少し時間を与えるべきか考えていた。

一方、奥州の雄伊達政宗も、領土拡大の野望に加えて父輝宗の代から後北条氏と同盟関係にあったこともあって、秀吉と一戦を交えるか、頭を下げて小田原包囲へ参陣するか決めかねていた。

だが、天正十八年五月九日、秀吉の命により五奉行筆頭浅野長政からの強硬な小田原参陣の催促に、軍師片倉景綱の進言を受け入れ、伊達政宗はついに腰を上げた。予測されたことであったが、遅参した伊達政宗に秀吉は会おうとはしなかった。

そのとき、伊達政宗にあることが閃いた。

——まともに服属の挨拶をしても取り合ってくれぬのなら、ここは意表をついて秀吉の茶頭である千利休から茶の教授を受けたいと願い出てみよう。願いが受け入れられるか否か、ここは一世一代の賭けである。

想定外の言動が嫌いではない秀吉は、わが身の危機的状況に茶の湯を習いたいという伊達政宗の剛毅に拒絶の態度を軟化し、利休から茶の指導を受けることを許した。このことは謁見を許したということにほかならなかった。

実は伊達政宗の願い出の背景には、家康から利休の茶の湯を利用してはどうかという暗示を受けていたのである。家康、政宗、そしてその影の利休というつながりは、ひそかに秀吉に対する対抗軸を形成することになる。秀吉の死後、慶長四年（一五九九）、家康は秀吉の遺言を無視し、政宗の長女五郎八姫と六男の松平忠輝を婚約させた。

茶席で、伊達政宗は秀吉への謁見の日には、死ぬ覚悟を示す白装束を身つけたいという決意を示すと、利休は黙ってうなずいた。周到な準備で臨んだはずの謁見だったのだが、伊達政宗はひとつだけ失態をやらかした。

秀吉が「もっと近うよれ」と言葉をかけられたとき、脇差を帯びたままであることに気づいた伊達政宗はそれを瞬時に投げ捨て、秀吉の側に寄った。

その伊達政宗の首を叩いて、秀吉はにやりとした。

「あと少し遅かったなら、ここが飛んでおったわ」

伊達政宗の秀吉への服属からほどなくして、北条氏政・氏直親子は秀吉に降伏し、秀吉は奥州仕置きを行った。伊達氏は領国を安堵されたが、小田原に参陣しなかったという理由で大崎氏や葛西氏らは取り潰しとなった。ついに、秀吉による全国統一は完了したのである。

天正十八年十月二十日、利休は聚楽第の屋敷にいて茶会を催した。客は博多の豪商神屋宗湛ただ一人であった。

秀吉は天正十一年、京都二条の日蓮宗妙顕寺を接収し、妙顕寺城として京都支配に取りかかったが、京都の都市改造の象徴ともいえる聚楽第を造営し、その周りに大名屋敷をつくった。利休も本丸の東北、一条霞屋町に屋敷を構えた。

神屋宗湛が通された茶室は二畳敷の小間。囲炉裏に雲龍釜が釣られていた。道具は中次と黒茶碗を置き合わせ、水指、瀬戸の建水、引切蓋置が組み合わされ、洞庫におさめられていた。中立のあいだに床には「橋立」の茶壺が置かれた。茶壺は紺色の網に入れられ、網の緒は唐結びに結ばれていた。濃茶が終ってから、橋立の網をはずして、利休は床の前にゴロンと転がして見せた。

利休ならではの融通無碍《ゆうずうむげ》、自在な趣向の境地か、何かの思いを含めた戯言《ざれごと》か、神屋宗湛にはわからなかった。

この「橋立」の茶壺、かねてから秀吉が利休に譲ってほしいと懇望していた茶壺であった。だが、利休は頑として応じなかった。それほどに愛着をもっていたということもあったのだが、秀吉への対抗心から命にかけても渡すまいと覚悟を決めていた。

そんな利休の気持ちは、大徳寺聚光院に預けた「橋立文」によくあらわれている。そこにはたとえ太閤から渡すようにいわれも、渡さないでほしいと書かれていた。そのような茶壺をあえて無造作に客の前で転がして利休が見せた相手は、目の前の神屋宗湛ではなく、秀吉であった。

神屋宗湛がはじめて利休に会ったのは、三年前、天正十五年正月三日、大坂城における茶会であった。寅の刻（午前四時ごろ）城に上ると、門の外で津田宗久が迎えてくれ、利休に引き合わされたのだ。信長の後、天下人の座に就いた秀吉と天下統一の新たなうねりのなかで活躍する堺の豪商たちの動きを宗室や堺の天王寺屋の九州の商いを担当していた道叱などから情報を得て、上京する機会をずっとうかがっていたのである。

利休たちが城門の脇で挨拶を交わしている横を、大勢の大名・小名たちそしてその配下の者たちが続々と登城してきた。そのおびただしい数と喧騒に神屋宗湛は圧倒されていた。

利休や宗ら堺の町衆がそろって広間で坐していると、

「博多からきた坊主はどれだ」

広間に入って来た秀吉の誰何《すいか》に

「これに控えております」

と、宗及が神屋宗湛を促した。

前へ進み出た神屋宗湛は小さくなって頭を下げた。

「残り者はさがって博多の坊主一人によく見せよ」

道具を拝見せよといわれて、飾りの前にいた堺衆は縁側に出た。その間に神屋宗湛一人が道具を拝見した。

「人数が多いので、四十石の壺だけでは足りないだろう。撫子と松花の壺の茶を挽かせよ」

と、声をかけると、利休が松花の壺を、宗及が撫子の壺を出して、また元に戻した。膳が出ると、堺衆も京都の衆も座をはずして次の間に控えたが、秀吉は「筑紫の坊主には飯を食わせよ」と神屋宗湛だけは大名衆といっしょに食事をした。人数が多いので、給仕の者も多く、そのなかには石田三成もいて、神屋宗湛の前で給仕した。

お茶になり、秀吉は「多人数だから、一服の茶を三人ずつ飲め。くじでその三人を決めよ」といった。奥から長さ三寸、横一寸ほどの板に名前を書いた札を小姓が持って来て、皆の前に投げ出した。座中の大名たちは競って総札を奪い取って、順番を決めた。

「博多の坊主には四十石の壺の茶を飲ませてやれ」

と、秀吉が声をかけた。

神屋宗湛は、利休の点前座の前に進んだ。井戸茶碗でぬるく点てられた茶を喫していると、新田肩衝も手に取って見せてやれと秀吉が声をかけた。新田肩衝を拝見したのも神屋宗湛ひとりだけだった。

大坂城の年頭の大茶会に博多の商人神屋宗湛が招かれ、破格の厚遇を受けたことは。すでに朝鮮出兵の計画が芽生えていた秀吉が、そのために博多の商人を懐柔するための策であったのだ。信長が堺の豪商たちに試みた懐柔策を、秀吉が真似たわけである。この時期、堺から博多へと、秀吉を支えてきた経済的な支柱が移行し、堺の地盤が低下していく端境期でもあった。

神屋宗湛は、十一日の朝には、大和郡山の羽柴美濃守秀長の朝会に出席し、その帰途、郡山の池田伊予守の屋敷に立ち寄った。明十二日の朝、利休老のところでお茶を差し上げたいとの博多宗伝からの手紙を受け取った。

そこで、神屋宗湛は急いで支度をして堺に戻り、身ごしらえをととのえ、利休の茶の席についたのであった。客は神屋宗湛と宗伝の二人であった。

神屋宗湛はその時の様子を日記に書いている。

茶室は深三畳台目、一尺四寸の炉に五徳を据え、鬼面の還付姥口の霰釜がその上にのせられていた。床の向こう柱には、白梅を高麗筒の花入に入れてあった。

花は中立の間に取り去り、床には「橋立」の茶壺を網に入れて置いてあった。次の間の小釣り棚の下には、唐物の焼物の水指。お茶は尻ぶくろ茶入に入れ、井戸茶碗に茶道具を仕込んで出した。建水は焼物、蓋置は引切であった。

そのとき、利休から聞いた話も書きこんでいた。

「仕覆に入れるのは茶入だけです。頭切などの茶器は入れてもかまいません。これはあくまでも茶の保存のためなので、そのほかには何も入れてはいけません」

「抛頭巾の肩衝茶入は、珠光が末期にあたって宝珠に『これには極上の茶は入れないで、下級の茶を入れよ』と言い置いて亡くなりました。昔はその価値は二貫文ほどでした。このように珠光がいったのは卑下してのことでした。後にこの茶入を奈良屋又七という人物が所持していましたが、この逸話を聞いて気に病み死んでしまったそうです」

「圜悟の墨跡は、一休和尚からただでもらった珠光が表具にしたものです。珠光は、一休に参禅した弟子ですから、ただでいただいたのです。それを私が一千貫文で買い取りました」

というような話が、利休の茶会で交わされたのであった。茶室での会話に厳しい利休がいつになく多弁であった。茶器の評判の話など俗世間の話をすることもあったのだ。また、高麗筒の花入に白梅を生けて柱掛けにしているのも、本来唐渡りの花入は置花入として使用するのだが、掛花入としたところにも利休の自在な作意が発揮されていた。

このころはまだ利休と秀吉の関係はうまくいっていた。この茶会の直後、九州役が緊迫するなか、秀吉の出陣ということになった。薩摩の島津氏との外交交渉には、利休も直接かかわっている。この時点では、関東以北の平定はまだ終わっていなかったが、それが実現したといわぬばかりの言で島津氏に圧力をかけた。

これに対して、島津氏は秀吉ごとき恐れるに足らずの姿勢を見せて、秀吉との交渉をやり過ごしていた。それどころか、ますます豊後攻めに力を入れ、大友氏を圧迫していた。形勢不利と見た大友宗麟は、天正十四年四月、上洛し秀吉に陳訴した。

このとき、秀吉は大友宗麟に大坂城を隅々まで見物させたうえで、利休に命じて茶を点てさせた。

「宗麟は茶に数寄か」

と、秀吉はふんぞり返って尋ねた。

「なかなか数寄の由でございます」

返事にためらいを見ている大友宗麟にかわって傍らで控えていた利休が答えた。

さらば、一服点ててやろうと、秀吉は自ら茶を点てた。大友宗麟は国許の書状に秀吉の点前は見事なものだったと、書き送っている。

茶の後、九重の天守閣も見物させてから、「秘蔵の壺を見せてやろう」と利休を促して名物葉茶壺の飾ってある五つの座敷に大友宗麟を案内した。

第一の座敷には床に四十石の壺があり、利休が袋を取って見せた。第二の座敷には松花の壺、津田宗及が袋を取って見せた。第三の座敷には佐保姫の壺、宗久の長男である今井宗薫がそれを拝見させた。第四の座敷には撫子の壺、第一の座敷同様に利休が袋を取って見せ、第五の座敷には百鳥の壺が床に飾られ、千紹安（利休の長男、のちの道安）が袋を取って拝見させるという厚遇ぶりであった。

大友宗麟は美濃守（秀長）から「内々の儀は利休に、公儀のことはこの宰相（秀長）が良く存じておるから、ゆっくり談合いたそう」といわれたと、やはり国許の書状に書いた。そして「大坂城内の様子を見るにつけ、利休でなくては、関白さまへ一言も申し上げる人がいないと、見及んだ。(利休のことを)並たいていに考えては、もってのほかだ。とにかく現今も、行く末も秀長公と利休へは慎重に、隔てなく、お近づきなることが肝要」と自らの感想もしたためた。

かくして秀吉軍は、天正十四年十月、先鋒の四国勢が豊後に入り、島津勢と交戦に入り、豊前に進んだ中国勢は、北九州を制圧した。だが、戦線は九州全土に広がり、決着はつかなかった。

天正十五年三月、ついに秀吉は大兵を率いて、九州に進攻し、五月島津義久の本拠薩摩迫り、降伏させた。六月、秀吉は博多の箱崎に着き、高麗の船着き港である博多の港の復興をはかった。そして、利休に命じて筥崎八幡宮の筥松の周りに茶室を建てさせた。六月十四日には、利休は、宗湛、宗室、宗仁を客として茶会を催した。利休は高麗筒の花入、備前布袋の茶入、今焼の茶碗、折撓の竹の茶杓を使い、橋立の茶壺の茶をひいて、三人をもてなした。

神屋宗湛はその後、六月十九日と二十五日の二回、秀吉の茶会に招かれた。神屋宗湛は秀吉の箱崎陣所で開かれた茶会の模様も、日記にしたためている。

六月十九日朝、陣所における茶室は三畳敷で縁側はなく、二枚障子で直座敷に入る。家上に突上げ窓があり、六尺幅の押板がついていた。露地に入るには、外の潜りを這い入り、飛び石を伝って進むと、箱松の下に苔むした木をくりぬいた手水鉢があった。この箱松を回り、茶室の前の古竹で腰垣が立てられ、そこに跳木戸があった。

まだ薄暗い茶室の中のようすはよくわからなかった。ぼんやりと見当がついたのは、上座の押板には墨跡が掛けられ、その前に桃尻の花入にえのこ草を入れて薄板の上に据えてあり、風炉には責紐の釜が掛けてあった。

中立のあと、水屋から出てきた秀吉は「さて茶を飲もう」といって、鴫肩衝を四方盆にのせ、井戸茶碗に道具を仕込み、建水はかめの蓋、竹の蓋置きで点前をした。茶を点てたあと、肩衝を手に持ち、神屋宗湛と宗室を側に呼び寄せ「これを見よ。この柚の様子から鴫というのだぞ」と自慢げに説明した。

茶室は急ごしらえのものだったが、利休の作意が随所に見られる味わい深いものであった。思い起こせば、このころが秀吉の利休の善き関係の絶頂だったかもしれない。そして九州対策を前提として、天正十五年十月一日、北野大茶会が催され、神屋宗湛ひとり上洛するようにと秀吉の御朱印状が宗及の取次によって宗湛のもとに届けられた。

事情があって上京が遅れた神屋宗湛は十日の予定が一日で終わってしまった北野大茶会には間に合わなかったが、神屋宗湛へのもてなしは手厚いものだった。

その後、神屋宗湛は聚楽第および大坂城で秀吉をはじめ、利休と宗及、さらに秀吉政権の重臣長束正家、山崎片家、古田織部などの武将と会合をした。十月十四日の朝には、聚楽第の山里の茶室で秀吉が茶会を行い、神屋宗湛は宗及とともに招かれた。

「橋立」の茶壺を転がして見せた利休は、やはり気軽に話しかけられない緊張感を抱かせたが、神屋宗湛が知っている利休とはどこか違って感じられた。

「太閤さまは唐入りを考えておられる。その前線基地としての博多の重要性については、改めてお話することもないでしょう。それは堺の価値が低下し、その分博多が重用されるということです。いや、もっとまっすぐにいいましょう。利休の地位に宗湛どの、そなたが取って代わるということです」

「何を申されます。わたしがあなたにとって代わることなどあり得るわけがありません。利休どののほど余人をもって代え難しといえる人物はおられません」

このときの神屋宗湛の偽らざる気持ちだった。

「そうではない。時代は絶え間なく動いている。利休に代わる茶頭と申し上げたが、実は目に見えない根の深いところでは、茶頭に取って変わる存在が台頭してくるということです」

「茶頭という役目がなくなるということですか」

「茶頭の果たす役割が変わるということです。それはつまり、これまでの茶頭という存在が消滅して、ただの茶坊主になるということですよ」

神屋宗湛はまだ利休のいっていることを完全に理解できたわけではなかった。

「どうも話の要領を得ないものですから」

「堺の町衆が信長さま、そして関白さまの茶頭として仕えたころは、信長さまはもとより太閤さまにしても、堅固で完璧な組織がつくられていたわけではなかったのです。おのずから組織に属さず組織のことを熟知している人間が組織に生起している問題を探り主君に伝える働きをしてくれることが重宝がられました。さりながら、そのことが組織を管理するやり方に大きく寄与することとなりました。われら茶頭が表に出ている背後で太閤どのの直参による官僚機構が育っていったのです。そうなると、われらの存在が疎ましくなるのが人情というもの。なにせ大名を大名とも、武士を武士とも思わぬばかりか、僧侶、公家たちまでも門下に集め大手を振って歩いている町人など本来いてはならなかったのです。事実、わたしは関白さまの前でどの大名よりも、どの武将よりもまっすぐにものいってきました。また、その際の失言も怖れませんでした」

神屋宗湛には利休のいっていることはわかりかけてきたのだが、なぜこんな話を自分にするのか理解できなかった。

「失礼ながら、その役目が堺の町衆から博多の町衆に移りつつあることが口惜しいと思っておっしゃっておられるのですか」

「堺だ、博多だという話ではないのですよ」

「いえいえ、わたしたち博多のものたちは、利休どのをはじめ堺の町衆がお上の厚遇を受けてきたことが、正直うらやましくてなりませんでした。そろそろ博多のものも日の当たる場所で出てもいいのではないでしょうか」

「もちろん、いくらでも商いに精を出せばよろしかろう。間近に迫った唐入りはまさに千載一遇の好機となるでしょう。ただ、わたしがそなたをこうして前にして話をしているのも、そなたに明日のわたしになってほしくないと思ったからです」

神屋宗湛には、目の前にいる利休がひどく年老いて見えた。すべてが老いの繰り言にしか聞こえなかった。

事実、朝鮮出兵がはじまると、神屋宗湛は後方兵站の補給役として大いに活躍し、晩年の秀吉の側近として活躍した。だが、秀吉の死後は家康から冷遇された。利休がもらした茶頭の時代の終焉を、博多の町の時代のはじまりと取り違えた男の悲喜劇は、終わってみるまでわからなかったのである。

利休が二回も謎解きを仕掛けていたことに気づいていれば、神屋宗湛の生き方も違ったものになっていただろう。一回目は、天正十五年正月十日の朝会で、宗湛に「赤は雑ナルコヽロ也、黒ハ古キコヽロ也」と伝えたときであった。

神屋宗湛は利休が、赤は「雑なるこころ」、黒は「古きこころ」と対比させて、そこに込めた意味を理解できなかった。

黒茶碗は、まさに利休の美意識そのものであった。利休は天正八年十二月九日の朝会に、宗及と宗二を招いた。宗久はそこで、肩の垂れたる釜を掛け、端の反った茶碗で茶を点てた。不整形ないわゆる「ハタノソリタル茶碗」が使われた衝撃を宗及は会記に記した。このころから、利休の創作への独創性、美意識が尖りはじめ、深化していった。端の反った茶碗は、利休が陶工長次郎を指導して焼成させた楽茶碗である。

それから、しだいに端正かつ重厚な感じの茶碗、いわゆる利休形へと移行した。大黒とか北野などの黒茶碗が、その姿形といい、色調といい利休形の典型となり、利休独自の世界が創り出されたのはほぼ天正十四､五年ころのことであった。

「赤は雑ナルコ、ロ也、黒ハ古キコ、ロ也」という言葉には、利休の長年の茶の湯の精進に対する思いを象徴していた。と同時に、黒は利休であり、堺の茶の湯であった。赤は博多であり、神屋宗湛であることを擬していたことに気づかなかったのだ。赤好みの秀吉、黒を愛する利休という美意識の対立をあたかも浮き立たせたような利休の行為は、実は茶頭を有名無実のものに化そうとする秀吉に対する政治的行為であった。

もう一回は、天正十八年九月十日、利休が聚楽第屋敷に神屋宗湛と大徳寺総見院の球首座《きゅうしゅそ》を招いての茶事の席のことだった。

この日、利休は書院において台子点前の茶の湯を行ったが、はじめ台子の上に置いてあった黒茶碗で茶を点てたのち、勝手から瀬戸茶碗を持ち出して台子の上の黒茶碗と取り替えた。

「黒茶碗で茶を点てることを、上様はお嫌いなようです」

利休があえて、神屋宗湛の前でそういった。

茶の湯を通じた利休と秀吉の関係は、決して悪いものではなかった。

「茶を点てるうえで初歩的かつ大切な、いくつかの心得があります。様子点、席中の様子をうかがいながら点てること、味点、味わい深げに見せようと点てること、しゃんしゃん点、味気なくどんどんと手前を進めること、強し点、肩をいからせながら武張って点てること、これらのいずれの点て方もよくありません。ともかく目立った点て方はすべていけません。道具の扱いが粗相かと思って見ているときちんと真に置き、真に扱いすぎるのではないかと思って見ていると草に置き、道具を味わい深く扱ったり、さらりと扱ったり、席の様子をかまったりかまわなかったり、早すぎず遅すぎず、粘っこくなくあっさりもしすぎずに茶を点てることこそ、点前の心得なのです」

秀吉は茶頭に取り立てた利休に茶の湯の基礎、初歩のことから教わった。

「わしの点前はどうじゃ」

「いささか味点の気持ちが勝ちすぎているように感じられます」

そんな利休の言葉を、秀吉は怒りもせずに受け入れた。

利休も相手が太閤だからといって、追従もしなければ手加減もしなかった。それは初歩の段階はもとより上達してからも変わらなかった。

「茶の湯の大切な心得はいろいろあるのですが、知らなければいけないのが、三炭・三露です。よほどの達人でなければ、茶会のたびごとにこれが思うようにできないでしょう。三炭とは、寅(午前四時ごろ)の刻、午（午前十一時から午後一時）、の刻、酉（午後六時ごろ）の三度の火相の炭のことです。茶席の露地に水を打つことについても、お話しておきましょう。露地に水を打つことを、軽々しく考えるわけにはいきません。三露、つまり、露地の打ち水は、客が露地に入る前に一度、中立の前に一度、会が済んで客が退出する頃に一度の三度のことをいいます。それぞれ、初水、中水、立水となります。また、朝会、昼会、夜会の三度の水、それぞれに意味深いものがあるのです」

「初水、中水というのはわかるのだが、立水というのはいかにも客に帰れといわぬばかりのような気がするのだが」

こんなとき、秀吉は素直な弟子になる。

「そんなふうに考えるのは、三露の意味を取り違えているのです。すべてわびの茶会は二時《ふたとき》（四時間）をすぎてはいけません。二時をすぎると、朝会は昼会に差し障るし、昼会は夜会に差し障りができるからです。いずれにしても、わびの小座敷に、宴会遊興のもてなしのようにゆるゆると長居をするのは作法に反します。だから、後席の薄茶がおわる時分に水を打たせるべきなのです。亭主が濃茶ばかりでなく薄茶まで出してしまったら、何をすることがあるというのでしょう。客もだらだら話をしていないで早く切り上げるのは当然のことです。客が帰る時分であるからこそ、亭主は今一度手落ちがないように露地を見直し、手水鉢にも水を入れ、草木に水を打ったりすべきです。客もその時期を感じ取って席を立つ。亭主は露地口まで送り、挨拶をのべる。すべてそのようにありたいものです」

　秀吉は納得顔でうなずく。

　利休はそれまで茶室への通り道にすぎなかった空間を、露地として茶の湯の空間（茶庭）につくりあげた。秀吉は茶庭にも彼らしい作意をかたちにしているのが、茶室と露地（茶庭）の結構にも利休の考え方を反映させながらつくっている。

「三炭についても大事な暁の火相についてもお話しておきましょう。暁の湯相であるからと、前の晩から湯を沸かす人がいますが、けっしてそのようなものではありません。一番鶏が鳴くとともに起床し、炉中様子をみて下火を入れ、最初の炭をいれたらすぐに井戸へ行って清水をくみ上げ、水屋に持ち運び、釜を洗って水をはり、そして炉中にかけておきます。これが毎朝の茶室のさだめです。こうした火相、湯相を考えて、客も露地入りをしなければならないのです。客によっては、亭主もおもいがけないほどの早い時刻に席入りして、最初の下火のぐあいや、濡れ釜の状態から湯が沸いていくまでを味わい見る人もいます。亭主も客も、暁の作法を通りいっぺんに考えていては、なかなかそれを自分のものにするのはむずかしいでしょう」

　秀吉の茶は、そのまま利休の茶だった。それは秀吉の自負でもあった。

　秀吉の茶事のほとんどは、利休の発見と作意の指導によって形成されてきた。利休に一歩でも近づこうと、秀吉は精進した。しかし、秀吉が天下人だったことが、悲劇を生んだのである。

利休の他に抜きんでた独創的作意は、そのまま政においても十分に活用できるものであった。茶事における密室の謀事を組織管理、経営に活かしたのが初期の秀吉政権だといってもよかった。その限りでは、利休は秀吉の期待に十二分にこたえていた。だが、それで満足できなかったところに、秀吉という人の上に立つ人間の狭量さといって悪ければ、性格の特質があった。

検地、刀狩、惣無事、日本全国の石高制による税制の統一、身分の確定と兵農分離、百姓の逃散禁止、貨幣鋳造、朱印船貿易…と秀吉は次々と政治的経済的基盤づくりに着手していった。

それは、一言でいえば、下剋上の終息宣言にほかならなかった。下剋上によって、天下をその手に収めた男は、自分の時代に下剋上は起こってはならないことだと考えたのだ。その意味で、自らを脅かす者の存在を許さない、どこの国のいつの時代にも見られる統治者の一人であった。

九州も、小田原も、奥州も秀吉のもとにひれ伏した。どこの馬の骨ともわからない秀吉はすべてを手に入れたのである。

「いくら謙信や信玄が名将でも、おれにはかなわない。かれらは早く死んでよかったのだ。生きていれば、必ずおれの部下になっていただろう」

と、公言してはばからなかった秀吉だが、出自に対する劣等感だけはどうすることもできなかった。そのことがばねとなって、人の二倍も三倍も努力し、何事も人に負ける自分を許せない性格を培ってきた。

そんな秀吉を利休は好まなかった。信長がそうであったように、秀吉も利休の分身だったからだ。それでも、利休は秀吉のために茶を点てた。それが自分の茶の湯のためでもあったからだ。

信長の前でも、秀吉の前でも利休はことさら構えることはなかった。自分の作意と所作のよる茶を点てればよかった。しかし、戦国武将のなかには学問・教養といったものに関心の薄い者も少なくなかった。信長に仕え、そのまま秀吉に仕えたものはまだよかった。秀吉は茶の湯御政道などともっともらしいことを口にさえした。当初すべての大名や武将たちが利休の茶の湯にあたまを下げたわけではなかった。

彼らが学問・教養を身につけていなかったとしても、頭脳の回転はすこぶる速い。切れ者が大勢いた。機会さえあればそれなりの学問も教養もわがものとすることができる。なかでも茶の湯は連歌や能楽などと比べてもとっつきやすい習い事だった。さらに、侘び数寄者も貴人、富者も、武人も公家も皆、茶の世界では同等・同格であるという利休のたくらみは、まさしく文化の下剋上としての茶の湯に脚光を浴びせることにもなった。

利休がまずしなければならなかったことは、秀吉にひざまづく者、秀吉と距離を置こうとする者、だれであっても彼らの心の奥底の秘めた扉を開かせ、関心を自分に向けさせることだった。そのためには、千利休という人間を魅力的に見せなければならない。茶の湯においては、利休に心酔する人間を生み出さなければならない。

そこで、利休は道具の選び方、使い方、茶の点て方、花の用い方などかつてだれもしなかった独創性、さらにいえば神秘的な厳粛さというような演出を細部にわたって生み出していったのである。それは年を経るごとに深みが増し、限りなく自然なものとなり、利休の魅力は大名や武将たちのこころをとらえることに成功した。大名たちは利休を招聘《しょうへい》することを競い合った。そこまでは、利休のねらいどおりであった。

利休は、茶の湯の確立（体系化）と伝道という野心のために、秀吉の闇の世界を司ってきた。秀吉にだれを差し置いても直言できるその地位を完璧に利用して、諸国の大名や武将たちの思惑を見通してきた。

だが、利休は一つだけ読み違えた。機密をにぎる闇の社会が茶席を催すということを通じて形づくられていったのは事実であった。ただ、秀吉にとっては表の光だけでなく闇のもまた自分が専有するものでなければならなかった。利休は政においては闇の眼でよいと思っていたが、秀吉は利休をおのれの影だと考えていた。

闇は光と権力の均衡を保つこともあれば、光を飲みつくすこともできるが、影は光のないところには存在しえない。

秀吉は茶を利休、古典を細川藤孝（幽斎）、連歌を里村紹巴、能楽を金春太夫安照、有職故実を今出川（菊亭）晴季《はるすえ》、禅を西笑承兌《さいしょうじょうたい》、儒学を大村由己《ゆうこ》にそれぞれ学び、いずれも相応の知識と技を身に着けていた。そのため秀吉は天下人であるだけでなく、ひとかどの文化人としての自負をもっていた。

茶事以外は、学んだといっても教える側は単なる軍師やお伽衆として十分のおのれの分をわきまえて秀吉に仕えていた。しかし、茶の湯の利休だけは時に分を超えた物言いや態度を示すことがあった。それが秀吉には年々がまんできないものになりつつあった。

天下人たる自分は、文化においても人の頂点に立つ人間でなければならない。それは至極自然に秀吉に訪れた考えだった。それを許さなかったのは、唯一利休の存在であった。

「我が身の目付を頼み、異見を承り、わが身の善悪を聞き、万事に心をつける。これこそが将たる者、第一の要務である。利休よ、わしはおまえにもそう接してきたはずだ」

近年の秀吉にはめずらしく、慎重な話しぶりだった。

「御意」

利休もそれだけ答えただけだった。

「わしには、もはや怖いものなど何一つしていない。猿からはじまり、日吉丸、藤吉郎、秀吉、関白とわし自身は少しも変わったと思わぬのに、わしはどんどん出世してきた。なぜわしがここまで上り詰めることができたと思うか」

「ひとえに太閤さまの努力と精進の賜物だと推察いたします」

「そうだ。わしはみなが嫌がるところでの我慢がだれよりもあったがゆえの結果だ。信長どのにははげネズミとさえいわれた。しかるにだ」

秀吉が苦々しくてたまらぬという表情で言葉を切った。

「利休よ、正直にこたえよ。わしは器の小さき人間か。信長公と比べてどうだ」

利休はだまったまま秀吉を見つめた。

「いや、よい、どうせ賢しらな世辞をいうにきまっておる。わしは常々思っていたことだが、利休よ、信長公は勇将なり、良将にあらず。信長公に一度背いた者は、その者への怒りがいつまでも収まらず、その一族縁者は皆処刑しようとされた、だが、降伏する者も殺し、敵討ちは絶えることがなかった。これは器量が狭く、人間が小さいからである。人からは恐れられても、大衆からは愛されない。わしはすくなくとも大衆からは愛されている。北野大茶会一つを取り上げて明らかであろう。戦というものは、七分の勝ちを十分とするがわしの信条じゃ。城を攻めるときにも一方だけ敵の逃げる道を開けておくことがすぐれた攻略法なのだ」

「わたしには軍略のことはとんとわかりませぬが」

「そう、そう、その顔じゃ。すべてわかっておるくせにわからぬふりをする。おまえの心底にはいったい何が巣食っておるのだ」

秀吉という男は不思議な男だった。秀吉も世間から一面からしか理解されなかった。利休の草庵の茶の湯を愛し、平三畳の黄金の茶室を愛でた感性が、矛盾なく共存しているのが秀吉だった。世間はわびの利休、派手好みの秀吉という対比をするが、どちらも秀吉であった。そうした矛盾を矛盾としていささかも悩まないところが、秀吉たるゆえんといってもよかった。

そんな秀吉が認めがたいことがひとつだけあった。それが、利休の権威であった。権力と権威とは異なる。権力は力によって見せつけるものだ。権威は押しつけずとも自然とその前に跪《ひざまず》かせるものだ。権力も権威を独占しているはずの自分にない権威が、そこにあった。

その権威を裏づけているのが、ことごとに周囲の者から要求される茶事に関する責任である。茶碗、茶壺、茶杓、花入、花の生け方、炭の注ぎ方、露地の作意、茶室のしつらえ……どれをとっても、人々はその真贋をすべて利休に帰していた。

だれかがそれは本物だといっても承服しなかった。利休がそういえば、だれもが納得した。自然にそうなっていた。そうなってしまえば、それは動かしがたい真実となった。利休が一言、この茶碗は本物だといえば本物になり、贋物だといえば贋物となった。一千貫の値をつけば一千貫以上になり、ただ同然の値付けをすれば、だれも見向きもしない代物に成り下がった。すべては利休の思惑の内になった。

こんなことがあった。

聚楽第においていくたりかの目利きを自負する武将が、つれづれに目利き話に興じていたときのことだった。あの茶入は値の割には時代が若いのではないか、誰某《だれそれ》は口のうまい道具屋にだまされて三文茶碗を百両で買わされたといった話がとめどなく続いていた。

たまたまその場に行き合わせた利休がその話を聞いて、一言もらした。

「さてさて各々方には似つかわしからぬことですな。総じて道具の目利きと申すものは、茶に用いておもしろきか、おもしろからざるかを見分け、あるいは炉にかけてよきか、風炉にかけてよきか、何々は何々に取り合わぬとか、取り合わせるとかいうことが目利きなのです。各々方が話していたことは、道具屋商人の所作にてまことに卑しく聞こえます」

このときコケにされた武将たちに利休に対する殺意が芽生えたとしても、少しもおかしなことではなかっただろう。利休に底意はない。自分の茶の湯がいわせる自信であった。

利休がくしゃみひとつ、せきひとつをすれば、茶道具の値が乱高下する。このような権威は、秀吉にはなかった。それが口惜しくてたまらなかった。利休に対する、美意識に対する劣等感、敵愾心ではない。文化の天下人にならんとする思いである。

自分の一言が、世間の常識になり、価値になり、利になる。それが文化の天下人たる証左だ。すべてを手に入れた秀吉なればこそ、暑中に水を求めるように渇望したのが、それであった。

検地も刀狩も、秀吉の権力権勢が実現させた。逆らう者などいなかった。だが、秀吉に従っただれもが秀吉を尊敬したわけではなかった。強い者には逆らわず、長いものには巻かれろという世事を生きる知恵であった。

「利休、おまえは目利きをどのようにして鍛えてきたのか？　わしがおまえの目をわがものとするのは無理だと思うか」

「いえ、いえ。関白さまはすでに十分に目利きの眼力をお持ちです」

「おまえというやつは……」

秀吉は憎しみをこめた目で利休を見た。

「茶碗は茶が飲めれば足りる、といっていたおまえが茶碗に法外な値をつける。茶碗だけではない。茶道具すべてに渡って、おまえは王のように振る舞いおる。おまえの茶とはなんだ？　茶器とはなんだ？」

「ひとつだけおこたえします。人に人格があるように、器にも他より秀でた器格というものがあります。言葉では説明しがたいのですが、器格はつくられるものではなく、発見されるのです。そのための眼力が重要になります」

利休の言葉に、秀吉はある決意を固めた。

第十一章　朝顔のもてなし

細い草木が年月を経て太い幹を伸ばした樹木に育っていく。人はそれを自然の営みとして受け入れるが、それが草木自身の望んだものかどうかわからない。美しく咲き誇る花木も同様である。土に育つものは、育った土壌の性質や周囲の樹木の影響というものを受けざるをえない。見た目が美しくなっても、それが本来望んだ成長であったとはいい切れないのである。

しかし、人びとは花木草木の成長した姿を見て、その美しさ、雄々しさが本来望んだ姿だと思い込んでしまうのだ。ただ、目の前の姿を疑いもなく受け入れてしまう。この樹木は右に枝葉を伸ばしたかったのに、左に伸びることを余儀なくされたのかもしれないということなど考えてみようともしない。人間も、相手に影響を与え、相手を支配するほどに力が、その存在が大きくなっていくとき、世間からはそれが本人の望んだ姿であったとみなされてしまう。傍目にはそういう意思をもって行動しているとしか見えないからである。

したがって、天下一の茶匠と尊称されるまでに大きくなった利休の権威と存在感は、秀吉の庇護を利用して利休自身が望んだものだと、周囲に受け入れられていった。利休に取り入ることが秀吉に取り入る近道になると考える者が出てくるのも自然の流れであった。

そして、秀吉が天下取りに邁進する過程で、秀吉傘下の大名、武将たちのあいだに利休が引き寄せる力と、利休に反発する力がぶつかる磁場を砂地に水が染み入るように静かにじんわりとつくりだしてしまっていた。

その磁場を天下取りのために巧みに利用してきたのが、ほかならぬ秀吉であった。だれが味方か、だれが敵か、だれが味方のような顔した敵か、秘めた策謀の息遣いを感じ取るのに、利休の生み出す茶席の小空間ほどふさわしい仕掛けはなかった。

だが、利休の存在は大きくなり過ぎた。利休をとてつもない怪物に育ててしまったのは、秀吉自身であった。近年、ようやく秀吉はそのことの過半の責は自分にあることを思い知らされ、利休の言動に敏感になっていた。

利休は利休で自分の言動に一段と警戒心を強めている秀吉に気づいていた。自分の立場が変わるという予感が日に日に濃くなっていた。利休自身が望んだことを超えて、利休がつくりだした強烈な磁場に作用する磁気力の強さは独り歩きをはじめた。

秀吉政権もまた、秀吉が考えもしなかった方向へと利休の放射する磁気力は向かって行ったのだ。

秀吉政権下には、気がつけば尾張閥と近江閥というものがつくられていた。尾張閥は尾張時代から秀吉の家臣で形成される派閥であり、長浜城主時代に秀吉に召し抱えられた家臣たちが形成する派閥が近江閥である。細川忠興、古田織部、蒲生氏郷、さらに加藤清正、福島正則、浅井長政らが尾張閥とみなされていた。近江閥に属するのは、石田三成、益田長盛、長束正家、浅野長政らであった。

派閥というものは、自分たちの頭で考え出したことに振り回されるものである。派閥は派閥間の争い、欺き、蹴落としなどはもちろんのことだが、同じようなことが、派閥内においても起こる。そして、派閥は離合集散をくり返しながら、相互変容していく。そして、派閥の利権争いが長年続くと、組織を退廃させていく。

しかし、秀吉の配下の二つの派閥は奇妙な関係にあった。派閥には首領、黒幕といった存在がつきものだが、尾張閥の首領と目されている利休は、おのれが首領であることも、近江閥のこともいささかも意識していなかった。利休の磁場に引き寄せられる大名、武将たちによって勝手に担ぎ上げられていたからである。

利休は担がれている自分を否定しなかった。政や戦の頭領になることを望んだからではない。おのれの求める茶の湯のために利用できるものは利用しようと考えてきたからである。

利休はただ、茶の湯を点て、茶席で聴き、見るだけでよかった。物言わぬまなざしがいかなる政の策謀よりも効果を発揮した。尾張閥勢も近江閥勢も利休のまなざしを無視することができなくなっていた。武力、兵力の拮抗による均衡ではなく、利休の茶の湯がつくりだす均衡はそれまでの政争にはなかったものだった。両手で茶碗を持てば、刀はつかめない。それは武家社会の存在そのもののあり方を危くするものでもあった。

利休にはこんな話がある。堺の町人の銭屋宗納を正客として茶会を行ったときのことである。そこへ秀吉の家臣の木村常陸介が突然訪ねてきた。常陸介はぜひとも自分も客の一人に加えてほしいと頼むと、迎えつけに出た利休は一礼し、

「本日は宗納を正客に向かえての会ですから、お相伴としてお入りください」といった。常陸は「ものよりそのつもりです」

と、大名でありながら末客をつとめた。

茶席はふだんの身分の上下など関係がなくなる。そこで、交わされる話は外にはもれない。そのことに対する警戒心は近江閥のほうが強く、派閥を領導する三成は利休に対し強い嫌悪、もっと徹底した憎悪の感情を抱き、事あるごとに利休の失脚を水面下で画策していた。

もう一つ、秀吉政権下の利休の存在を特異なものにしてきたのが、豊臣秀長の存在であった。

門閥に恵まれなかった秀吉が頼りにしたのは身内であった。そして、だれよりも信頼を寄せたのが弟の小一郎（秀長）であった。信長の配下となった秀吉は周りのだれからも好かれたわけではない。独断専行と思われるようなこともたびたびあり、信長に重用された分だけ旧臣たちに疎まれ、妬まれながらもぐんぐん頭角をあらわしたてきた。

その結果、信長軍団内の軋轢《あつれき》が表面化する前にとりなしてきたのが秀長であった。決して出しゃばることなく、目立たず常に兄の補佐役に徹してきた秀長の存在なくして、秀吉政権は成り立たなかったであろう。

秀長は兄秀吉が関白になると、天正十三年（一五八五）より大和郡山一一六万石の城主となり、大和大納言と称されるようになり、秀吉の力が揺るぎないものになっていくにつれて秀長の存在も重きをなすようになってきた。

長年外交と交渉力に優れた秀長は秀吉と大名たちのあいだに立って調停役の真価をいかんなく発揮し、秀吉に服属させる働きをしてきた。家康でさえ、上洛直後に秀長と接触している。同様に、秀吉と利休の緩衝的立場で両者の関係をうまくまとめてきたのも秀長であった。

秀長の存在は、三成たち近江閥の大名たちの利休追い落としの矛先をも鈍らせていた。その秀長こそ利休の最大の理解者であり、兄の政を支えてきたように、茶の湯を支えてくれる頼もしき伴走者であった。

秀吉を頂点に秀長と利休が支える鉄壁の構図は不変のもののように思えたが、天正十八年（一五九〇）ごろから目立ってきた秀長の病の悪化によって、その構図に亀裂の兆しが見えはじめてきた。

秀長は、それまで兄秀吉の言動に異を唱えることがなかった。はじめてはっきりと反対の意見をのべたのが、唐入り（朝鮮出兵）であった。

「これまでの戦で国中が疲弊しています。いま、また異国に渡って無理な戦をすれば、人心が兄上から離れていきます。それだけではありませぬぞ。その結果によって豊臣家の行く末まで禍根を残すことになるかもしれません。どうか、唐入りの件はご再考いただきたい」

と、秀長はこれが今生の最後の頼みだと兄を諫めたが、いかに弟の頼みであっても、これだけは聞き入れるわけにはいかなかった。

秀吉は利休が秀長を洗脳しているのではないかと疑った。だれよりも早く唐入りに否定的な態度を示したのが、利休だったからである。

身内可愛さに反比例して、利休、憎しの思いが募った。そして、天正十九年一月二十二日、秀吉が全幅の信頼を置き、利休の最大の理解者であり、頼りになる伴走者であった秀長が病没した。享年五十二。

一本の棒の両端から等しく力を加えると、棒はどちらにも偏らず宙に浮いたままでいられる。「内々の儀は利休、公儀のことは宰相（秀長）」とまでいわれた片方の力がなくなれば、棒の均衡は崩れて地に落ちる。自然の道理であった。

秀長の死の影響は大きかった。まず秀吉の独断暴走を止めることができる人間がいなくなった。重しが取れて身軽になったことよりも、秀吉には喪失感のほうが大きかった。信長の家臣として戦った中国攻め、家康と対決した小牧・長久手の戦い、九州征伐……と常に戦の最前線にいた秀長がほんとうのところ何を考えていたのか、じっくりと話す機会がないままに終わってしまった。その無念さは肉親との別れとは別のものであった。

秀吉と利休との関係が険悪になることをだれよりも心配していた秀長である。秀吉と利休の対立に緩衝役がいなくなった。そして、近江閥をにわかに勢いづかせた。家康もまた事態の推移を憂慮した。

天正十九年（一五九一）二月十三日、利休は秀吉から突如堺に蟄居《ちっきょ》を命じられた。京を追放される利休を淀の船着き場まで見送ったのは、細川忠興と古田織部の二人だけであった。ほかの大名たちは秀吉の勘気に触れることを恐れて見送りを自重したということになっているのだが、力を失った者に見切りをつける術を身につけていることも乱世を生きる武将たる条件となる。

「古田どの、われらは悪い夢でもみておるのだろうか。太閤さまはいったい何を考えておられるのだ」

「さほど案ずることはないのではなかろうか。一時の怒りが収まれば、利休どのはまた京に呼び戻されるでしょう」

目顔で淀を流れていく利休を乗せた船に頭を下げながら、二人は言葉を交わした。

「いや、なかなかに。太閤さまはあれで、用心深いところがある。自分の身に危険を及ぼすと感じたものは容赦なく遠ざけてきましたからな」

言葉に出したのは細川忠興だったが、本音をいえば古田織部も同じ思いだった。しかし、まだこのときまでは、一縷の希望を失っていなかった。

だからこそ、見送りに来たのだ。茶の湯の師利休への憐憫の情に深いものがあったが、為政者にあるまじき軽率な感情に任せた処遇に対する露骨な批判を行動で示したのだ。好むと好まざるにかかわらず利休がつくりだした磁場に引き寄せられた者の中には、天下人に対するそれくらいの矜持と覚悟を失わせていなかったのである。

船の中の利休は、はっきりと細川忠興と古田織部の姿をとらえていた。利休もまた、二人に深々と頭を下げた。利休にも細川忠興にも古田織部にも、このとき涙はなかった。三人の間の涙は、そのあとにやってきた。

利休が最期に古田織部に渡したのが茶杓「泪《なみだ》」、そして細川忠興に渡したのが茶杓「命《ゆがみ》」であった。茶人の泪は黙して語る茶杓に落ちたのである。

秀吉にしてみれば、軽い気持ちからだった。おまえごときの存在などいかようにも扱えるのだぞと、天下人の力を見せつけてやればそれでよかったのだ。

――そもそもわしが古法の茶法を改めるように銘じたとき、今井宗久や津田宗及らが「お考えは十分理解できますが、利休ではその任にたえないから辞退すべきでしょう」といっておったが、利休の改正がよかったので、以降は利休のやり方でやるようにしたのはだれのおかげだと思っておるのだ。それ以降、宗久や宗及の高名に代わって利休がその名を広く知られるようになったことに少しも感謝しておらぬ。

絶対的な権力の前に、一度頭を下げさせたい。秀吉のそうした焦慮は、どこか想い人への片思いに似た感情も含まれていた。

蟄居させるには理由がいる。利休を屈服させることができれば、秀吉にとって、理由など何でもよかった。そこで、思いついたのが、二年前に大徳寺山門金毛閣に安置された利休の木像であった。利休が大徳寺の山門を再興し、棟札を打ち、自分の木像を楼上にかかげたことを蒸し返して、この山門には天皇も行幸があって下を通られるし、親王様や五摂家の方々も通る。もちろん秀吉自身もくぐる。まさに不敬罪に当たるとした。

大徳寺の山門は、連歌師の紫屋軒宗長《さいおくけんそうちょう》が建立しようと発願したが、一層だけできて、金が続かず放置されていた。それを利休が金を出して再興したものであった。木像は、織文《おりもん》の桐の花の紋の小袖、上に八徳《はっとく》を着て、角頭巾をかぶり、尻切《しきり》草履をはいて杖をついて遠望している姿であった。建立されたときには問題にならなかったのに、ここにきて大徳寺におとがめがあったのだが、住持の古渓宗陳和尚が一人で罪を背負い、大徳寺自体には何事もなかった。

「格好の理由ができましたな」

石田三成がいった。

「そこまでおまえは利休を嫌うか」

秀吉は苦笑いをしたが、石田三成は真面目な顔をして頭を下げた。

何事にも気配りを怠らない秀吉だったが、豊臣政権の職制において抜け落ちたところがあった。室町幕府の「申次衆《もうしつぎしゅう》」であり、江戸幕府の「側用人《そばようにん》」に相当する決まった役職である。側用人は将軍近くに仕え、その命令を老中に伝達し、老中よりも上申を将軍に取り次いだ。ときには老中の上申を自らの判断で突き返すこともあった。さらに、将軍に意見を具申できる重職であった。

豊臣政権において、その役職を担ったのが豊臣秀長と利休のつながりであったのだが、もうひとつ石田三成ら奉行人もその役割を果たしていた。本来ひとつであるべきものが、二つあるということは不都合のほうが大きかった。石田三成らは当然、利休の権勢を快くは思っていなかった。

「理由などどうでもいいのだ。わしは利休の茶会に出入りする武将、大名たちの利休評を聞きおよんで、もはや捨て置くことができなくなった。（加藤）清正のやつは利休の茶会に参席し、利休の顔ばかりみていたそうだ。不思議に思った連客がそのわけをたずねると、こう答えたという。『そのことよ。わしは茶事のことはまったくわからぬ。それで利休殿が客を迎えて送りだすまで見ていたが、万事に落ち着いて穏やかな様子だった。あのようにこころ静かに落ち着いて技の修行をすれば、必ずや高名を得られるはずだ』とお答えになったということだ。

（福島）正則は（細川）忠興に勧められて利休の茶会に参席されたとき『おぬしが利休のことを慕うのはもっともなことだ。わしは今までいかなる敵に立ち向かっても、縮み上がったことなどはなかった。しかし、本日、利休と立ち向かっていると、どうしても臆したようにおぼえた。なんとも名誉なことよ』と、いったそうだ。

はたして堺の一茶人利休であったら、名だたる武将がそのような言葉を口にされただろうか。わしの茶頭をしているからこその世辞だ」

「前田利長どのもが近臣に『天下に恐ろしいことが、自分には三つほどある。その一つが太閤秀吉の御前にでること、もうひとつは春屋和尚の前に出ること、いま一つは利休居士の前で茶を点てること。この三つのうちで利休の前で茶を点てるときほど恐ろしいことない』などと語っているとのことでございます」

「このままさらに増長させるわけにはいくまい」

「仰せのとおりでございます」

主従は重く沈みゆく気分で眼を合わせた。

ただ罰すればすむというわけにはいかない。利休のような男には、やんわりと真綿で首を絞めるようなやり方のほうが効き目がある。人の口に戸は立てられぬ。勝手に広がって行く悪評。それも利休の名を天下に知らしめた眼力、すなわち茶道具の目利き、売買の不正を行っている不埒な売僧《まいす》（商売をする僧）のうわさがいいだろう。

ほどなく利休は茶道具の善し悪しを鑑定する際、親しい人か疎い人かによって依怙があるとか、秀吉公への取次に賄賂を取っているといううわさが立ちはじめた。

秀吉にとっては罰することが目的ではない。どこまでも恐れを知らぬ男を自分の足元にひれ伏させたいのだ。

極限の小空間で茶を喫してきた仲である。利休には息遣いを感じるように、秀吉の考えを捉えることができた。自分の政治的な抹殺を考えていることもうすうす察知していた。そのことに逆らうことも無意味なことも承知していた。秀吉の心の奥底にある、軍事、政治、経済を支配したあとに残る文化への支配欲を感じ取っていたからである。

「台子の茶ほどしやすいものはない。習いが決まっているのだから、自分なりの作意を働かせる必要がないからだ」

利休は常にそういっていた。

台子の茶は茶の湯修業の究極とされ、そのための点前は真にするものだとされてきた。ところが、利休は、点前は真であるがこころは草でもよい、それに対して一畳半の運び点前は草のものであるが、こころは真に保たなければならないといった。なぜなら、台子は業さえ体得すればはたらきなどは不必要であるのに、運び点前は、その日、その場の働きが大切だからである。利休は台子なしの茶の湯を草の極致とした。

運び点前は、台子点前が茶入、茶碗（天目）など茶道具を台子や床にあらかじめ飾っておいた茶入、茶碗（天目）などの茶道具を使って茶を点てるのに対して、茶道具を飾らずに、それを持ち出すところから点前をはじめる。茶を点てることを主とし、道具を従（手段）とする点前である。

利休は請われて、秀吉に台子の茶法の相伝を行った。天下人となった秀吉は茶法を私物化せんとして、利休に以降は勝手に他の者に伝授することを禁じる誓詞を出させた。台子の茶法は秀吉が直々に伝授するということになったのである。秀吉から伝授を受けたのは、関白秀次、蒲生氏郷、細川三斎、木村常陸介、高山右近、瀬田掃門、柴山監物の七人であった。

その後、織田有楽も茶の湯執心であるところから、秀吉に台子伝授を願い出でた。秀吉は「有楽は長年の茶の湯の功労者であるから利休より直伝せよ」との上意を伝えた。

そこで、秀吉の面前で利休が直に伝授したのである。そのため、有楽は台子七人衆外の一人として数えられている。

直伝が終り、退出の折、二人だけになるのを見はからって利休は有楽に対してひっそりと耳打ちしたことを、秀吉は知らなかった。

「先ほど秀吉公のご面前であったため、伝授できなかった極意をまだ残しております」

「台子相伝のうえに、さらに何の極意があるのでしょうか。ぜひとも承りたいものです」

有楽は小躍り喜ばんばかりに迫って来た。

「それならば台子点法の秘事中の秘事をお教えしましょう」

「ぜひ、ぜひとも、ご教示願いたい」

菓子を惜しがる幼子のように有楽は迫った。

「本来、茶の湯に大事の習いなどというものはありません。すべて各人それぞれの作意、趣向で行うことが台子の秘事にほかなりません。習いなどのないことを台子の極意とするものです」

利休はそういって微笑んだ。

──太閤さま、模倣はどこまで行っても、独創を超えることができないのです。いくら政治の権力をにぎっても、文化を屈服させることは別事なのです。政は文化を庇護するものであっても、文化の上に立つものでありません。文化の上に立とうとすれば、その国は滅びます。それは、たとえ関白さまであっても例外ではないのです。

不審庵を出て堺に蟄居した利休は、小棗一つと茶十匁を左右の袖のうちに収め、堺に下ったときにそうつぶやいた。

そんなことはだれも理解してくれまい。利休はある人に送った手紙に、次の一首を書き添えた。

心だに岩木とならはそのままに　みやこのうちにも住よかるべし　火中

（あの岩や木のように心をもたないものであれば、それはそれで、都も安住の地でありましょう。しかしわたしは理想や信念、意志があり、それを捨て去ることはできないのです。この手紙、お読みのあとは火中に投じてください）

二月二十五日、大徳寺山門金毛閣の利休の木像が、一条戻り橋で磔にされた。

──十日以上待ったのに、おまえは何の詫びも言って来なかった。おまえとわしの立場の違いを改めて思知らせてやりたかったのだ。木像を磔にするという世にもばかばかしい茶番が意味することが理解できぬおまえではあるまい。おまえのかわりに木像を磔にしたことで、おれは終わりにしたいと伝えたつもりだ。おまえが頭を下げさえすればそれですむ。なぜ、おまえはおれに頭を下げに来ないのだ。いつもの儀礼的なへりくだりではなく、命乞いの願いをすることがなぜできないのか。おれの心情がわからぬか。おれはおまえを殺したくないのだ。

秀吉は最後の賭けに出た。翌二十六日、利休を京の聚楽屋敷に呼び戻したが、利休はそれでも動かなかった。

当面の課題はなんといっても唐入り（朝鮮出兵）であった。利休が朝鮮出兵に反対していることはよくわかっていた。それだけのことであれば、たかが知行三千石の茶頭の意見など気にするほどのことではなかった。

だが、わが想いを歯牙にもかけぬ振る舞いは、もはや天下人として赦すわけにはいかなかった。頭のなかで考えていることは、目に見える行為よりもやっかいである。利休の無言の反抗ほど天下人を恐れぬ所業はない。なぜ、それほどの自信が持てるのか。その自信を根底から覆さなければならない。

利休の自信とは何だ。自信の正体は何か？

――すべては茶室から生まれる。いかなる出自、身分であろうとも、主客は茶席では平等である。茶室を一歩どころか半歩でも外へ踏み出せば、厳然たる格差がそこに横たわっている。茶室は格差と平等の結界なのだ。結界を踏み越えた中は、現世であると同時に異界である。そこでは金も力も通用しない。裸で向き合わざるを得ない。利休はそこに君臨する王だ。その毅然とした眼は、太閤であるおのれをも相対化してしまう。その眼は、いつか茶室を飛び出し、屈服したはずの大名、家臣さらに町衆にもおよぶかもしれぬ。それは天下の権力者であるこの秀吉を否定することにつながっていく。

他者の忠誠心はどこまで信じられるのか。秀吉は、はたと気づいた。信長がなぜあれほどまでに殺戮をくり返したのかを。強権をふるうほどに面従腹背の忠義心の底が割れて見えるからだ。信長の孤独こそ、真の権力者の孤独なのだ。その孤独を見透かす眼こそ、茶の湯文化を生み出した利休にほかならぬ。

秀吉はにわかに利休の抹殺を決断した。それを考えた自分自身に驚いていた。それでいながら、一日たりとも利休を生かしておけぬと思いと殺したくないという思いのあいだで揺れ動いた。

――あのときの朝顔、あの朝顔こそ利休なのだ。

秀吉の私邸聚楽第内には利休の屋敷もあった。その屋敷のまわりにたくさんの見事な朝顔が美しく咲き誇り、その評判を聞きつけた秀吉は朝の茶会を開けと利休に申しつけた。子供のようにわくわくしながら出向いてみると、どうしたわけか朝顔はすっかり摘み取られていた。不得要領の態《てい》で茶室に入ると、花活けにたった一輪だけ朝顔が差してあった。

利休の真意はどこにあったのか。あなたさまはいまを盛りに咲き誇っていますが、いずれこのきれいな朝顔の花が枯れてしまうように、実は儚い境遇、地位にいるのです。さらに、花は自然にあるがままに活けるようにといっているように、暗に朝鮮出兵を思いとどまり、他国のことは自然に任せて余計なことはしないほうがよろしいのではということもいいたかったのだ、と秀吉は理解した。

――散り紅梅のときの利休も油断がならなかった。

朝顔では利休に意表をつかれた。今度はこちらが意表をついてやろうと、水が一杯に注がれた黄金の鉢に梅を生けよと利休に命じた。利休は一瞬の迷いもなく、鉢に梅の花を散らせて見せた。では、鉢がなければどうする。大徳寺の枯山水の庭を見た秀吉は、利休に何か生けてみよと命じた。このときも、利休は寺の花を庭からもってきた平らな石の上に置いて花を生けた。秀吉は戦慄した。この男、生かしておくわけにはいかぬ。

——利休よ、わかっておるのか。おまえはわたしの茶頭になったからこそ、「利休の茶」を生み出してきたことを。そのことをどこまで自覚し、感謝しておるのか。だからこそ、利休を、茶湯者、文化人として殺してはいけない。茶人として殺してしまえば、利休の文化に負けたことになる。あくまで知行三千石の武士として抹殺しなければならない。そのためには、どうしても磔、惨殺などではなく、武士の流儀に則って切腹させる必要がある。日の本一の権力者、支配者となったわしが、たかが知行三千石の茶頭を恐れる必要などどこにある。利休よ、おまえの茶の湯の権威、文化的権威など歯牙にもかけておらず、ただおまえは知行三千石のわしの配下の者にすぎないことを噛みしめながら死んでいくのだ。

秀吉の朝鮮出兵の動機も、少なからず利休とかかわっていた。利休の茶の文化は朝鮮への強い思い入れがあった。茶の湯の由来を考えれば、中国、朝鮮そして日本へと渡来してきた事実を踏まえれば、まったく独創的な茶の湯をつくり出すためには、まず中国、朝鮮の茶器への思い入れからはじまったのは必然であろう。

茶室の造作をはじめ、棗など朝鮮の文化に対する知識がなければできなかったものであった。下手物の青磁唐物の珠光茶碗から朝鮮の高麗茶碗へ移っていった利休の美意識の流れが、それを裏づけていた。だとすれば、利休の基盤と考えられる、まず朝鮮自体を支配、掌握すれば利休の茶文化を根底から引っくり返すことができる。そして、利休の茶ではなく、秀吉の茶が本道となる。そう考えた秀吉は文化人ではなく、権力者の以外の何者でもなかった。

第十二章　賭け

——何故、利休よ、おれを茶会に招くか。

この時期、家康が利休のことをまったく考えなかったといえば、嘘になる。天正十四年（一五八六）十月二十七日、大坂城で諸大名が注視の中、秀吉に謁し、君臣の礼を果たして以来、ひたすら耐えつづけた日々の中で、秀吉近くの利休の存在をどう理解すればいいかずっと考えてはいたのだ。

家康にとって、考えることは耐えることでもあった。思い起こせば、幼年時代、今川家と織田家を人質として行き来した日々から、耐えることは家康にとって自然な生き方となったが、その心底に静かに煮えたぎる思いを隠しながら生きてきた。

そして、栄華盛衰の世の無常さも冷徹に見据えてきた。京都の本能寺で盟友の信長が横死したのは、武田滅亡から三カ月も経っていなかった。

その日、家康は堺の町にいた。武田征討のあとの信長から駿河を与えられた謝礼のために安土城を訪れ、信長自らが膳を据える破格の饗応を受けたあと、信長の厚意で京都・大坂・奈良・堺と見物して回った。諸大名たちに道路の普請や宿所での十分な接待を厳命するなど、信長の家康にたいするもてなしは尋常ならざるものがあった。

信長の凶報を知った家康は、考えた。いかに行動すべきか。判断を誤ればおのれの命運が尽きる。短い時間に熟考しなければならなかった。配下の本多忠勝らと図った結果、伊賀越えを選んだ。

それは一か八かの逃避行であった。道筋に農民や野武士たちの一揆に遭遇し、撃破したり、金子で買収したりしながら伊賀越えを敢行した。雑兵の戦死という代償を払った脱出であった。

　このとき、家康警護に活躍したのが、伊賀者たちであった。信長の伊賀国人狩りから逃れて三河に落ちのびてきた伊賀者を保護してくれた家康の恩義に報いたのである。家康に随《つ》き従ったのは酒井忠次、石川数正、本多忠勝、榊原康政、大久保忠隣《ただちか》、井伊直政といった後の徳川政権を支える武将たちであった。彼らもまた生きながらえたことは、天は家康を見捨てなかったのだ。

　九死に一生を得た家康はただちに信長の弔い合戦の出陣を命じたが、手柄は秀吉にもっていかれた。家康はただ秀吉の壮挙を傍観していたわけではなかった。家康の動きは周到だった。織田軍内紛に目を向けつつ、関東の北条氏との対決に向かった。その一方で、武田旧臣を取り立てて、自軍の勢力の拡大も怠らなかった。

　戦いの形成が不利となった北条軍は、徳川軍との和議を余儀なくされた。その結果、家康は、信濃、甲斐、駿河、近江、三河の五か国を領有することとなった。和睦の条件として、家康は二女を北条氏直のもとに嫁がせた。避けることのできない秀吉との対決に向けて東国勢力強化の一環であった。

　そして、天正十二年（一五八四）尾張の小牧・長久手において、家康は信長の継承を旗印に掲げた織田信勝とともに秀吉と戦った。小牧山の戦いは膠着状態が続き、長久手の戦いは徳川軍が勝利したが、秀吉は信勝と単独講和に持ち込んでしまった。家康には戦う大義名分がなくなってしまった。

　秀吉は家康に上洛を求めたが、家康は応じなかった。秀吉は実母の大政所を人質とする譲歩をもって、ようやく家康の上洛が実現したのである。形の上では、秀吉に臣属した家康だったが、新たな天下人の自分に対する負い目と遠慮を十分に計算していた。

「此度《こたび》の茶会には、何やら策謀の匂いがプイプンします。迂闊にお受けにならないほうがよいのでは」

「平八郎、そういきり立つな」

家康は、幼少のころより仕えてきた忠臣本多忠勝を制した。後年、本多忠勝は徳川四天王の一人として江戸幕府の樹立に大いに働くことになる。

「相手は、あの利休ですぞ」

二人のあいだには利休からの茶会への招待の手紙が置かれている。

「辛抱強さということでは、わしは人後に落ちぬと自負しておるのだが、一つだけ後悔していることがある」

「なんと申されました」

「太閤との戦のことじゃ。長久手ではわが軍は圧勝しておったのに太閤と雌雄を決することをうやむやにしてしまった。勝敗はどうなろうとも、徹底的に戦っておくべきだったのではないかと、いまでも考えることがある。戦人としては、信長どのはいかなる武将より正しかったのかもしれぬ」

「されど、太閤どのは、殿に一目も二目もおいておられますぞ」

「だからこそ、なのだ。どんなことであっても後悔は先に立たず。おのれの後悔はおのれで取り戻すことはできぬ。だが、なぜ徳川を武力で屈服させなかったかと、太閤に後悔の念を味あわせてやることはできる」

「それは我ら臣下の者も同じ思いでございますが、もはや太閤に戦を仕掛けることもかないますまい」

「だれが武力対決をするといった。いずれ戦わざるをえぬとしても時期尚早なのだ。いまはわしの力をもっとつけなければならぬ。戦というものは力の均衡が崩れたときに起きるのだ」

秀吉との和睦のあと、家康は居城を浜松から駿府に移した。新たな拠点を秀吉の勢力圏から距離をとるとともに、五カ国の領国経営の強化を推し進めてきた。

天正十七年（一五八九）には、家康は五カ国領内の総検地と俵高制を施行した。総検地は太閤検地を意識したものであり、俵高制はそれまでの知行高が貫文であらわされていたのを、検地によって郷単位の俵高にあらためられたものである。

俵高制は確実に家康の領国経営の経済基盤を強化していった。秀吉の怒涛の席巻の前に武田、今川、北条が滅び、家康が残った。秀吉は北条滅亡のあと、家康を関東に国替えした。いわゆる関東入国である。新天地に移った家康は俵高制を石高制にあらため、兵農分離を本格的に進めていった。

「武力強化よりも国を富ませることを優先するということですね」

「天下が変わりつつある。戦が変わろうとしているといったほうが正鵠《せいこく》を射ているかもしれぬ」

「以前話された唐入り（朝鮮出兵）のことをいっておられるのですか」

本多忠勝の目が光った。

「太閤は何とも金と労力のかかるおひとよ。上洛の折の富士山麓の材木伐りだしのことを覚えておるだろう。断るわけにもいかずあのときも大変な労苦であったが、唐入りとなれば桁はずれの苦労と費えが注ぎ込まれるだろう」

秀吉が大陸への侵攻の夢を描きはじめたのは、天正十三年(一五八五)七月、関白に就任したころからであった。北条征討、奥州制圧によって天下を統一した秀吉はいよいよ夢の実現に向けて突き進もうとしていた。

「いまのところ唐入りに反対ないし消極的な立場の代表格は、大和大納言(豊臣秀長)どのと利休ということになっているのだが」

「その利休からの招待ですから、慎重にお考えくださいと申しておるのです」

「わしは考えておるのだ。太閤のことだから、唐入りはだれが何といおうと実行することになるだろう。わしもどちらに与するかといわれれば、大和大納言どのと同じ考えでおる。労多くて益の少ない戦になるだろうからな。といって、正面から異を唱えればいいというわけにもいくまい」

「何か妙策がござりまするか」

「ここは逆転の発想が必要かもしれぬ」

「と、申されますと」

「わしが、太閤の唐入りの背中を押すのよ」

さすがに声を上げることはなかったが、驚愕の表情を見せる本多忠勝に、家康は平然と付け足した。

「わしの命運を決める賭けかもしれぬ。伊賀越えのときと同じようにな」

家康はひとり楽しそうに笑った。

本多忠勝は言葉をはさむことができなかった。

「どれだけの歳月がかかるか予測もつかぬ。軍勢の動員と金子の確保に奔走することになるだろうが、この戦、朝鮮国との戦いというよりも、太閤との消耗戦と覚悟しなければならぬ。案ずるな、わしは強運の持ち主だ。金も人も浪費することで、太閤を疲弊させてからがほんとうの勝負になると思え」

「わが国は勝つ見込みはないとお考えなのでしょうか」

心なしか不快げな忠勝の言葉は、もとより秀吉の掩護のためではなく、愛国の情がいわせたものだった。

「勝つためには短期決戦が条件となる。だが、太閤が勝てば、わが天下は永久に訪れまい。それゆえ、賭けてみる価値があるというものだ」

本多忠勝は家康の言葉を噛みしめて飲み下した。

天正十九年（一五九一）閏一月二十四日、この日が、千利休の生涯最後の茶会となった。

招かれたのは、徳川家康ただ一人だった。

家康を招いた茶会を催そうと考えたのは、いつごろからだろうか。利休はおのれに問いかけてみた。自分が意識しはじめたころより、ずっと前から考えていたのだと気づいた。この大名には、出会ったころから信長にも秀吉にもないものがあると感じていた。茫洋としたなかにもどこかおのれの力量を秘かに隠した陰謀家の匂いが漂っていた。

家康は信長に対しても秀吉に対しても、ほんとうのところはどう思っていたのだろうか。信長のために長男を死なせ、秀吉によって離婚させられ、望みもしない嫁を娶らされても、隠忍自重してきた。その胸の奥にあるものは利休にも計り知れないものがあった。

この茶会、凶と出るか吉と出るか。茶会の招待を送った時点で利休は吉と読み、後悔しなかった。これまで数多くの茶会を催し、他会にも参席してきた。どれほどの数の茶の湯を点ててきただろうか。畢竟《ひっきょう》、わが一生はおのれの創りだした茶のなかに注がれ、茶器に吸い込まれていくのだと、胸のなかでつぶやいた。

家康の利休に対する思いも同様な不分明さがあった。利休との付き合いも昵懇《じっこん》というわけではなかった。それに、家康には秀吉ほど茶の湯への執心が見られない。だが、茶の湯に無関心であったわけではない。

家康なりに茶の湯の功罪について、さらにいえば、利休という傑物の功罪について思うところがあった。だが、それを言葉にしたことはなかった。

――なぜ、いま、利休は自分を茶会に招いたのか。まさか一服毒をもるわけでもあるまい。行けばその答えが出る。

利休と相対座した家康は、肥えたからだを鷹揚《おうよう》に構え、いつもどおりに柔和な笑みをたたえていた。

「家康さまとは、こうしてお会いする機会がほとんどありませんでした」

「太閤どのと違って、わたしは無骨者ですから」

「そのようなご謙遜を」

「それにしても、突然のお誘い、いささか驚いております」

「別に他意はございません。ただただ家康さまとは一度ゆっくりお話をさせていただきたいと思っておりましたものですから」

挨拶を交わしたときから、お互いの腹の内の探り合いが交わされた。

「利休どののことをはっきりと意識したのは、小牧の戦（天正十二年）で太閤どのと和睦を結んだとき、和睦の条件を仔細に手紙に書き記したご仁が、利休どのだと知ったときからだった」

「そうでした。そんなこともありましたな。もう遠い昔のような気がします」

「それだけではない。島津義久どのと大友宗麟どのとの和平の際、太閤の勅命とは別に、利休どのは細川幽斎どのと連名で島津方に書簡を送られたことも。ところが、島津方は太閤には返事をせず、利休どのにだけ返答し、土産までもたせたそうではないか」

「ずいぶんと細かいことまでご存じとは恐れ入りました」

「まだあるぞ。対馬の宗義訓に忠誠を誓わせる手紙の件も……」

「家康さま、どうかそれくらいに」

利休は微苦笑して、頭を下げた。

「こういう話を茶の席でいたしますのは、自ら禁を犯すことになるのですが」

いくぶん改まった声で、利休が切り出した。

「わたしはどこまでも茶人です。太閤さまのためにいかような働きをしようとも。茶の湯は、そしてわたしたち茶人はとりわけ信長さまとかかわりをもつことによって大きく命運が変わりました。ご承知のごとく信長さまは高価な値のついた茶道具を戦で武功をあげた家臣に与えました。さらに茶の湯を許制にし、茶の湯ができることが何物にも代えがたい名誉だとする演出をなさいました。それを受け継いだのが太閤どのです。しかし、信長さまが茶の湯を政治的権力の集中に利用したのは戦時においてです。太閤どのも戦時に受け継ぎ、いま平時の時代に入りつつあります。そこで…」

利休は一呼吸入れて、家康の顔をかすかに目力を込めて見つめた。

「家康さま、いまの情勢をどのようにお考えなのでしょうか」

「どのようにとは？」

「この場はあなたさまとわたしの二人だけです。どうぞ、ご存念をお聞かせください。行方定まらず右へ左へと揺れ動く戦時のときならまだしも、平時の権力集中をも太閤どのが独占することです」

この男、自分と同じことを考えている。

家康は一瞬の驚愕を表には出さなかった。

「わたしは血なまぐさい今の茶の湯を洗い清めたいのです。茶の湯は常に血の匂いと、死の影につきまとわされてきました。利休が求めた茶の湯は、政のための茶の湯ではなかったのです。茶の湯の行方を茶の湯本来ものへ正したい。そのためには、ぜひとも家康さまのお力をお借りしなければなりません」

「利休どのには似合わぬ単刀直入の物言いですな」

「わたしには残された時間があまりありません」

利休の言葉には応ぜず、家康は口を開いた。

「めぐり合わせというものは、実に奇妙なものだ。信長どのの横死の際、逃げることしか考えられなかったわたしと、弔い合戦にいちばんに名乗りをあげた太閤どのとの差がそのまま今日までつづいておる」

「そこなのです。堺の町はかつて信長さまの天下支配を、不遜な言い訳を許していただくなら、容認、支援しました。そして、次に太閤どの天下取りも容認してきましたが、堺のそうした力も、もはや博多に取って代わられるような状況です。そして、今、わたしたち堺の者が望んでいるのは、ほかのいかなる大名もなく、家康さまでです。もっとはっきりといわせてください。家康さまの天下取りを考えております」

「太閤どのの茶頭が、そのような物騒なことを口にしていいのかな」

「しなければならないことと、心の内で思っていることが同じとは限りません」

「点てた茶に毒を盛ることなど、茶人であれば容易なことであろうからな」

毒を盛られる恐れがあるのもかかわらず、きょうはやって来たのだという思いを顔に浮かべて家康は笑った。

「この利休、これまでそのような不純な心で茶を点てたことなど一度もございません」

「だが、そんなことも考えられるところが、茶の湯の恐ろしさなのだが」

「確かに茶の湯というものは一面恐ろしさも秘めています。しかし、それは家康さまがおっしゃっていることとは別の意味においてです」

「茶の湯の恐ろしさとは？」

「率直に申し上げまして、わたしは全国の大名、武将たちの情報をつかんでいます。だれとだれが親密で、だれがだれを快く思っていないかといったことも知り尽くしています。この情報は使い方次第では鉄砲以上の武器となります。それらの情報をわたしが権力を得るための武器として使うといえば、どうなさいますか」

やはり、油断ならぬ男だ。

家康はその思いを表に出さない。

「天下取りを望むか？」

「滅相もございません。わたしは、大名でも軍師でもはありません」

「では、何を望んでおられるのかな」

「わたしが望んでいるのは、戦のない世の中でございます。それを茶の湯を中心とした文化の力で実現したいと思って今日まで生きてきました。そのためには、何よりも一介の茶人である利休が権威を持たなければならなかったのです。ありていにいえば、武力が頭を下げるほどの権威を必要としたのです。皮肉なことに茶の湯をその立場に育てくれたのが、武力で天下を取られた信長どのであり、太閤どのでした」

「利休どのは茶頭でありながら、ただの茶頭にあらず、禄を食みながら武士にあらず、不思議な男だ」

「利休は、どこまでもおのれの茶の湯をきわめたいと、日々精進している茶人です。ただ、あえてわたしのわずかな功績といわせていただければ、密室の茶の湯が戰と不戦の均衡を保ってきたということでしょうか。わたしはあなた方、大名たちのことを知っているというだけで」

「知っているということが、最強の武器になるということか」

鉄砲の次なる武器は情報になるということを、家康は漠然と考えていたのだが、利休はそれを素知らぬ顔で実践していたのだ。そんな自分の思いを見透かされまいと、そろそろ本題に入ったらどうかとう目で、家康は利休を見つめた。

「ところで、家康どのは、唐入りをどのようにお考えでしょうか。いいえ、はっきりおっしゃらなくてもけっこうです。芳しくお思いになっておられないことは重々承知しておりますから」

「何を聞き出そうというのか」

家康は、いよいよ来たかと身構えた。

「きょうは、まっすぐにいわせていただきます。わたしは、はっきりと反対の意を太閤さまにはお伝えております」

「だから、この家康に太閤どのを諫《いさ》めてほしいと」

「いいえ、その反対でございます。唐入りをぜひともけしかけていただきたいのです」

「なんと、わたしに唐入りをあえて使嗾《しそう》してほしいと本気でいっておるのか」

利休は眼で諾と答えた。

「太閤さまは、どれほどの兵力でもって海を渡るおつもりでおられるのでしょうか。おそらく国中をあげての唐入りでなければ成功しないでしょう」

「そこのところはわたしにもまだわからぬ。ただ、これだけははっきりしているのは、わたしが太閤どのだとすれば、わが国の戦力をすべて注ぎ込む覚悟でいなければ勝利は保証できない」

「具体的な武略については語る資格も見識も持ち合わせておりませんので、どのような戦を仕掛けるおつもりなのかわかりかねますが、わたしが危惧しておりますのは、おそらく出兵し、戦がはじまればわが軍は内部分裂を起すことになるではないかということです」

「わたしもそれを危惧しておる。太閤どのは、大名たちにどのような利があると説得するつもりなのか」

「そして、さらに心配なことは太閤さまは戦に勝利したあと、どのような統治を考えておられるのかということです。そこのところがまったく見えてこないのです。刀狩、検地などわが国でなしたことを、朝鮮さらには明にも当てはめようというのでしょうか」

「そうはなるまい。武力で勝利したとしても、異国を支配するということは容易なことではないからな」

二人の腹の探り合いは、交わされる言葉以上に深く届いていた。

「ところで、家康どのは『わび』ということについてどのようにお考えですか」

利休はいきなり話題を転じた。

「わび。いかにお答えしたものか」

家康は不敵に笑った。

「太閤さまの茶頭になった当初のわたしに『わび』とは何かとおたずねになりました。そこで、武野紹鷗は正直で慎み深くおごらない様子を『わび』という、季節にたとえれば、一年のうちで十月が『わび』ということになると説明しているとお話しました。さらに、花紅葉を書院台子の結構にたとえる紹鷗がわび茶の心とは『新古今集』の『みわたせば花も紅葉もなかりけり　浦のとまやの秋のゆうぐれ』という歌の中にある。春に花が咲き誇り、秋に紅葉が鮮やかに色づくことを知っている者だけが、とま屋の冬枯れしたさびしさを味わうことができる。これがわたしの『わび』なのだといったこともお話しました。

さらに、利休自身はどうなのだとおききになられたので、わたしも同じく『新古今集』の中の家隆の歌から『花のみを待つらん人に山ざとの　雪間の草の春を見せばや』を取り上げ、花ばかり待っている人に、山里の草が雪のあいだに目を出した春の様子を見せたい、と歌ったこの歌、どう解釈するかと応えたことをお話しました。若かったわたしは、花（名物・書院台子の結構）でないものに、茶の湯の核心、わびの真髄を求めようとしてのかもしれません。それはさておき、その話をきいていた太閤さまが何といわれたとお思いになります」

「はて、いっこうにわからぬが」

秀吉の答えに興味があるのかないのかわからぬ表情で家康はいった。

「話を最後まで静かに聞いておられた太閤どのはこういったのです。『わびというものはなかなかに面倒なものだな。わしは将来黄金の茶室というものをつくってみたいと思っているのだが、黄金のなかにわびは生かせぬか』と。その突拍子もない発想に思わず絶句してしまいました。後日、ほんとうに黄金の茶室をつくってしまわれた。茶室は組み立て式で、広さは平三畳。壁・天井・柱のすべてを金張で統一し、畳表は猩々皮、縁《へり》は萌黄地金襴小紋、珠叔父には赤の紋紗。台子・皆具も黄金という徹底ぶりであった。まばゆいばかりの黄金で統一されながら、過剰な装飾性が排された造りは、利休の『わび』のこころが反映されてもいました。黄金の茶室は、太閤さまにとって、わびの精神と矛盾するものではなかったです」

「たしかに、あのご仁は昔から余人には測り知れない発想をする」

「なぜ、このような埒もない話を披露させていただいたかといえば」

わざとじらしておいて本題に入ったかと、家康は臍下丹田《せいかたんでん》に心をしずめて、利休の言葉を待った。

「本日わたくしが家康どのをお招きしてことは、すぐに太閤さまに伝わるでしょう。当然、唐入りの反対のための談合に違いないと推察なさるはずです」

「この家康にも、出兵の要請、実質は命令なのだが、あるやもしれぬ」

「さて、どうでしょうか。わたしの知る太閤さまから推量して、それはないのではと思われます」

「どうしてそのようにいい切れるのだ」

「大言壮語がお好きなお方ですが、本音は唐入りはそれほど容易なことではないと判断しておられるのではないでしょうか。国を挙げての戦は後顧の憂いなく戦いたいと思うのは人情でござりましょう。やはり自分の片腕として頼りしていらっしゃるのは、家康さまです。失礼ながら、その家康さまを戦で失うときの損得を計算しておられるのはないのではないでしょうか」

「だがな、こちらの思惑どおりに事が運ぶという保証はどこにもないぞ」

「確かにこれは賭けでございます。わたしはおそらく最終的には唐入りは失敗すると読んでおります。

これはわたくしの茶頭としての長年の勘が、そういわせるのですが」

「わたしも今回の唐入りは四分六、いや七三でうまくいくまいと踏んでおるのだが。何せ悪運の強いお人ゆえに。断言できぬことだ」

家康は太いため息をついた。

「だからこそ、大きな賭けなのでございます。唐入りで大敗北を蒙らないまでも、大名たちは大いに疲弊することになるでしょう。そうなれば、大名どうしのあいだに齟齬《そご》が生じます。そのときは、家康さま、いよいよあなたさまの出番ではないでしょうか。これがおそらく堺の町ができる最後のことになるかもしれません。堺の武器、資金は家康さまをお待ちしております」

「だが、動かぬかもしれぬぞ」

「お忘れですか。わたしは茶人であると同時に商人でもあるのです。商人は損をするとはじめからわかっている商いなど決していたしません。とくに堺の商人は」

「家康は、小賢しい損得勘定で動く人間ではないぞ」

「かつて信長さまはこんなことおっしゃいました。『理想を持ち、信念に生きよ。理想や信念を見失った者は戦う前から敗者である。すでに死んでいる』と。模倣という点では、おそらく太閤どのの右に出るお方はいらっしゃらないでしょう。信長さまが道半ばまでしか遂げられなかったことを、さらに大きく先へと広げました。しかし、理想ということではいかがでしょうか？　朝鮮出兵にいかなる理想がありやと？　平時の世の構想、理想を創り得ていない太閤さまに平時の天下の為政を任せてよいとお考えなのでしょうか」

「わたしの理想がわかるというのか」

「最初で最後の機会ですから、もうひと言いわせてください。信長さまはこうもいわれました。『器用者とは、他人の思惑とは逆のことをする者のことだ。いつの世も、変わり者が世の中を変える』と。信長さまのおっしゃった意味合いからすれば、家康さまは変わり者とはいい難いお方です。そのお方が世の中をどのように変えていくのか、利休個人の興味は尽きません」

「白いものが来そうな気配ですな」

家康は小さく吐息をもらした。

「これは茶頭利休の、最後のたくらみです」

利休は穏やかな笑いを浮かべた。

利休の点てた茶を家康は感慨深い思いで飲み干した。

味はやはり絶品だった。この茶がこの世から消えるかもしれない。

家康は利休をしばし凝視した。

そこに見たのは、すでに死を覚悟した男の無表情の顔だった。

そして、家康は利休の内なる声を聞いた。

（おそらくわたしが生きているあいだには見ることのできない平時の天下取り。それを今あなたに託しました）

「これで、もはや思い残すことはない」

茶会を終え、深々と頭を下げて家康を見送った利休は、そうつぶやいて茶室に戻った。

しばし茶室に沈思して、おもむろに独服した。

喉元をすぎる茶を全身で味わいながら、

「これが千利休の茶の湯だ」

と、あえて言葉に出してみた。低く太い声が茶室にずんと吸い込まれた。

そのとき、この世のいっさいのわだかまりが、消えていた。

第十三章　残された時間

「人生七十力囲希咄《じんせいななじゅうりきいきとつ》　吾這宝剣《わがこのほうけん》　祖仏共殺《そふつともにころす》
堤る《ひっさぐ》我得具足《わがえぐそく》の一太刀《ひとたち》　今此時《いまこのとき》ぞ天《てん》に抛《なげうつ》」

——人生七十年、長く生き過ぎたようであり、茶の湯をきわめる途上ではほんのまたたきの間だったようにも思う。おびただしい殺戮があった。権謀術数が飛び交い、裏切りや野合が何の良心の呵責もなく行われてきた。栄光と屈辱、得たもの、失ったもののどちらもどれだけの質量が流れ出されたことだろう。いまのわたしはそうしたことごとを生み出す生への執着も、恐れもない。だれに対しても憎しみもない。力囲、咄！　時の権力よ、秀吉よ。腹を切れというのなら、見事に腹をかっさばいてくれよう。助命を嘆願しなさいと、心底から利休のことを気遣っていってくれるひともいたのだが、あえて命乞いなどしない。

考えてみるがいい。千利休という生身の人間をこの世から抹消したとしても、茶の湯を丸ごとこの世から抹殺することなどできるわけはないのだ。そのことに気づかぬ天下人など、行く末は大方察しがつくというものだ。ひとはだれでも死ぬ。だが、人が創りだしたものは、創りだした人間よりはるかに長く生き延びるのだ。

これからわたしのゆく世界は、迷いも悩みも生死すらない、ひとを超越した無欲、無位の世界だ。さあ、行くぞ。そこで自由自在に飛翔するのだ。

秀吉によって堺に蟄居《ちっきょ》させられてからの利休は、もはや秀吉の沙汰などどうでもよいことだった。まさしく無欲、無位の世界にいた。

「わたしはずっとあなたの茶碗であり、茶杓であり、棗であり、茶葉でした。あなたの大きな指につかまれ、撹拌され、熱をくわえられ、飲み干される。そのめくるめくような陶酔感の中で、わたしは何度死んでは生まれ変わったことでしょう」

妻の宗恩がよく口にした言葉だった。

利休と宗恩との関係はめくりめくような性愛のむすびつきというよりも、前妻との夫婦関係がうまくいかなかった利休の心の空虚感を満たしていくように、その愛はゆっくりと時をかけて熟成されてきた。宗恩は利休の女である以上に利休のよき理解者、補佐役として共に生きてきた。

切腹前夜。

「覚悟していた事態に至ったというべきか、理不尽このうえない所業といえばいいのか、そなたとの別れのときがこんなかたちでやってきてしまった」

「もはやこの期におよんで何も申しあげることとてございません」

宗恩の声は、耐えていることを表に出さない柔らかな強靭さを漂わせ、利休以上に覚悟を秘めた響きがあった。

「そなたには長い年月、世話になった。ようわたしに着いて来てくれたものよ」

「あなたと生きることが、わたしの生きるすべてでしたから」

「いろいろなことがあったな」

「いろいろなことがありましたね」

「この年までよく生きてこられたものだ」

「よくぞこれまで」

「わたしは、わがままな男だっただろうか。夫として父親として身勝手な男だっただろうか」

「わがままな男でしたよ。でも、その奔放さは茶の湯と対した誠実さと謙虚さに包まれただれも誹《そし》ることのできない大きなわがままでした」

「そんなふうにいってくれるのは、宗恩、そなただけだ」

「天下の千利休をだれよりも知っているのは、宗恩だといわせてください」

利休は、宗恩の瞳のなかに愛し合ったときから変わらぬ情愛を見た。

「信長どのにも、太閤どのにもひれ伏した。だが、それは千利休一個人としてであった。茶人としては一度たりとも、何人《なんびと》にも卑屈になったことなどなかった」

「それが千利休という男ですから」

「茶の湯の前には、身分の格差などどうでもいいことだったからだ」

「太閤さまとて、とおっしゃりたいのですね」

「だが、そなたたちは……」

「ご案じなさいませぬように。わたしたちはいかなる境遇になろうとも生きていきます」

その瞬間までに残された時間は、わずかしかない。

「わたしは明日腹を切る」

二人のあいだにはあえて確かめ合う必要もなかった。だが、利休はそれを言葉に出してみた。

その声は、明日は知り合いのところに出かけるといった日常の会話のように淡々としたものであった。

それが利休の永訣の言葉だということを、宗恩は言外に感じ取っていた。利休のあとを追いたい。その衝動に、必死に耐えていた。

利休亡きあとの生にいかなる意味があろうか。いくら自問しても宗恩には答えは出てこなかった。

最後に宗恩に殉死を止まらせたのは、千利休の死は千利休ただ一人《いちにん》のものでなければならないという思いに至ったからだ。

千利休は武士ではない。武士として腹を切らされても断じて武士ではない。武士の妻ならば、夫のあとを追う、殉死にためらいはない。武士の妻ではない自分の後追い心中は、利休の本意にあらず。宗恩はそう思った。

命を惜しんだからではなく、生き残って利休亡き後のことを見届けることこそが自分の役目だと思ったからだ。

「そなたに別れの茶を点てよう」

宗恩はわずかにうなずいて、利休の前に坐った。

ずっと見てきた、そして寄り添ってきた利休の点前だった。それは利休の点前であって自分の点前のように感じられる愛しさだった。

いつもといささかも変わらぬ利休の茶碗をもつ手の動き、茶杓、茶筅の指の動きの流れる様《さま》を見ていると、宗恩は利休の茶は未来永劫続くだろうと思った。

茶器を手にして深く濃い緑が喉元をすぎたとき、宗恩は利休のいのちをいっしょに飲み込んだと確信した。今生の別れの茶は全身に染み入り、死へと誘うがごとく闇冥《あんみょう》なる甘美な味だった。

「そなたは多くのことを気づかせてくれたし、また、おまえには教えられもした」

「すぎた言葉です」

「覚えておるか。太閤どのの小田原出陣に随行する折のことを」

そのころまで利休が好んでいた帛紗は小さく、その折りたたんだ角を腰につけていた。このとき宗恩は帛紗を大きく縫って「薬包にでもお使いください」と差し出した。

利休はこれを見て、

「この格好は一段と手ごろでいい。これからのち、帛紗の大きさはこれと同じようにしなさい。畳十七目と十九目がちょうどいいだろう」

と、いった。

「着物でも、雑巾でも縫い物は好きでしたから」

「茶入の袋にまちをつけたのも、おまえの知恵だった。短檠（丈の低い灯火の台）の取っ手に穴をあけたのもおまえの工夫だった」

「まあ、細かなことをよく覚えていらっしゃること」

「そなたとのことで、忘れたことなど一つもない」

「…………」

「何よりもそなたに感心させられたのは、あれだな」

ある年、利休は飯尾宗祇が所持していた「千鳥」の香炉を、千貫文という大枚で買い求めた。香炉を畳に置いて眺めているところに宗恩がきて「拝見させてください」といって、しばらく眺めていた。

「それから『足が一分（約三ミリ）ほど高くて、格好が悪いのではありませんか。足をお切りなさいませ』と、さり気なくというではないか。あのときは、正直参ったよ。わたしもそう思っていたのだから」

利休はさっそく玉磨（玉を置いて細工する職人）を呼び、一分だけ足を切らせた。

「いかにも女の浅知恵でございます」

「いや、そなたがいなければ、わたしの茶はとうに死に絶えていたことだろう」

「そういっていただくだけで、ほかに何もいりません。あなたのこと、あなたのお役にたつことを考えることは、自分が生きるということを考えることでしたから」

「わたしの求めていた茶とは」

利休の眼と見上げる宗恩の眼とが合った。

そのあと、利休の表情に浮かんだものを認めた宗恩は一瞬驚きの色を浮かべたが、素直に従った。

古希の男の生の終わりの求めに応じる宗恩の肌は、すでに若さを失っている。その肌に置かれたのは大柄な体にふさわしく武骨な手だった。このたくましく大きな手のどこからあれほどの優美で繊細な茶の湯の点前が生まれるのかと、宗恩は日ごろ思っていた。

茶を点てるがごとく自然に宗恩の体は弄ばれる。奔放に繊細に、ゆったりと肌の上を利休の指が流れる。つつましやかな悦びの反応が、宗恩の身体を十も二十も若返らせていく。

二人が暮らしたのは十三年ほどである。老夫婦の絆に比べれば長くはない。それでも、密度の濃さは五十年、百年ともに生きているように感じていた。営みの数も多いとはいえなかった。だが、その濃密さと粘度は二人を忘我の世界へと誘い、漂い、沈みかけ、しがみつき、死んで生き返らせた。

宗恩の裸形は、営みの前と頂きに上りつめた瞬間とは、まったく別の存在になっていた。本人の意思とはかかわりなく、その肌が放つ芳香は衣を引きちぎり両の乳房から、脇から、太ももからあふれてくる烽火《ほうか》となって利休を焼き尽くそうと絡み、包み込んでくる。

利休は、宗恩の体をしっかりと目に焼きつけた。宗恩もまたいつもと違い、自ら上になって、唇を利休の肌の上にすべらせた。唇から首筋、分厚い胸、たっぷりとした腹部からさらに下へと宗恩の頭はゆるやかに官能のゆらぎに酔いながら下がって行った。そして、甘えとも悲しみとも定かならぬ吐息をもらした。宗恩の涙が頬を伝い、細く白い首筋に流れた。

その涙を利休の口が吸いこんだ。せりあがってくる成熟した女の匂いすらも超えた天女のごときあたたかさを感じた。宗恩の頭を引き寄せ、唇を吸い、か細い胸を両腕に包み込んで分け入った。時が甘く凝固して砕け散った。

ほどなくやって来る今生の別れ。この男《ひと》の声とも、笑顔とも、苦悩とも。宗恩もまた、利休の匂いを、ぬくもりを自分の死とともに携えて行けるようにと、その身、その肌を利休にあずけた。

利休は、二度と聞くことのない宗恩の愉悦の声を、耳朶《じだ》に刻み込んだ。

究極の空間の中の究極の人間関係、究極の一対一、そこには虚飾も、虚偽も、妄念も、利害も通用しない、本音で話し合える、わかりあえる出会い、それこそがわたしの茶だといいかけて、利休はふいに理解した。

人は何を求めて生きるのか。なぜ茶のこころを磨くのか。こういう女に出会うためではないのか、その至福に勝るものがこの世にあるとは思えぬ。生きるとは、それだけで十分ではないのか。

利休は「利休の茶」が、自分の死後、百年、千年と生き延びることを願ってきた。だが、それも妄執にすぎないのではないか。

――茶は服のよきように、炭は湯の沸くように、花は野にあるように、夏は涼しく冬暖かに。

利休は日ごろ口にしている言葉の真の意味を、今さらながら得心できたと思った。


腹を切る間際、ある想念がよぎった。

――こうして死ぬことに怖れはないが、いったい自分はどういう死に方をしたかったのだろうか。どういう死に方をしたならば、満足しておのれの生を完結することができたと納得できただろうか。死を覚悟しながら、自分自身が死ぬということの具体的な姿をしっかりと思い描いたことはなかった。理想的な生き方があるとすれば、理想的な死に方があるはずだ。そのことだけに悔いが残る。茶の湯の行方は余事であるといってもいい過ぎではない。利休の茶は利休一代でいいのだ……。

介錯人の刀が振り下ろされたとき、利休の生は、死を飛び超えた。


自ら腹を切った利休の首実験を秀吉はしなかった。できなかったといったほうがいいだろう。その死の大きさの後悔をだれよりも噛みしめたのは、自死を命じた秀吉本人だったからだ。

そのかわり聚楽の戻り橋に柱を立て、利休の首に鎖をつけて大徳寺の利休像に結びつけ毎日行き来する見物客のさらし者にした。

それを見たいと押しかけた老若男女の数は列をなした。嘲笑した見物客もれば、涙を流した者もいた。

秀吉にとっては、なぜとは問われなくても、利休を自死を命じたのは天下人の権力だという事実だけが、人びとの思いに残ればそれでよかったのだ。

このとき、秀吉はすで茶人ではなくなっていた。

【参考文献】

『千利休』　桑田忠親　宮帯出版社
『千利休』　村井康彦　講談社学術文庫
『千利休の「わび」とはなにか』　神津朝夫　角川新書
『利休伝ノート』　青山二郎　講談社文芸文庫
『信長』　秋山駿　新潮社
『茶人織田信長』　江口浩三　ＰＨＰ研究所
『山上宗二記入門』　神津朝夫　角川学芸出版
『古田織部の茶道』　桑田忠親　講談社学術文庫
『信長の血統』　山本博文　文春新書
『茶の本』　岡倉天心　講談社学術文庫
『武士道』　新渡戸稲造　岩波文庫
『代表的日本人』　内村鑑三　岩波文庫
「跡無き工夫」　細川護熙　角川ｏｎｅテーマ21

参考文献

『文化防衛論』三島由紀夫　ちくま文庫
『「難死」の思想』小田実　岩波現代文庫
『輝ける闇』開高健　新潮文庫

その他、利休・茶の湯関係の史料・資料、研究論文を参照させていただきました。

茶の湯・生花に関して貴重なアドバイスをいただいた畏友石川和夫（裏千家教授茶名宗和・古流生花師範松壽斎理伯）氏にお礼を申し上げます。

著者紹介

石井健次（いしい・けんじ）

1947 年生まれ。東京都出身。作家。週刊誌・月刊誌の企業取材、人物評論からスタートし、企業や経営者、リクルーティング関連の取材で独自のスタイルを確立。企業経営、自己啓発、人間関係学などの分野で、ダイヤモンド社、日本経済新聞社、日経 BP 社、青春出版社、などの各種出版物（単行本・雑誌・PR 誌など）の執筆や代行執筆を行う。さらに現在はフィクション（時代小説など）にも挑戦し、江戸時代の人情噺、利休や戦国武将の新しい人間像を追求している。
著書に『夢のにほひ』（文芸社）、『藤平光一　氣の道』（日刊工業新聞社）、『かれらは公開経営を選んだ』（日経ＢＰ社）、『中村天風が惚れた　心を最強にする道』（青春出版社）、『わかりやすい文章の書き方が１時間でわかる本』（ダイヤモンド社）、『ＩＡＳ国際会計基準１・2』（日刊工業新聞社）など。

千利休《せんのりきゅう》は生《い》きている！　上巻《じょうかん》

2017 年 10 月 17 日　第 1 刷発行

著　者　石井健次《いしいけんじ》
発行者　落合英秋
発行所　株式会社 日本地域社会研究所
〒 167-0043　東京都杉並区上荻 1-25-1
TEL　(03)5397-1231(代表)
FAX　(03)5397-1237
メールアドレス　tps@n-chiken.com
ホームページ　http://www.n-chiken.com
郵便振替口座　00150-1-41143
印刷所　中央精版印刷株式会社

ISBN978-4-89022-204-9